U0729777

主编　凌翔　　　　　　　当代著名作家美文自选集

爱的眼睛和耳朵

退后一步，静待花开

颜巧霞　著

天津出版传媒集团

天津人民出版社

图书在版编目 (CIP) 数据

爱的眼睛和耳朵：退后一步，静待花开 / 颜巧霞著
. -- 天津：天津人民出版社，2020.1
（当代著名作家美文自选集 / 凌翔主编）
ISBN 978-7-201-15739-9

Ⅰ.①爱… Ⅱ.①颜… Ⅲ.①散文集－中国－当代
Ⅳ.① I267

中国版本图书馆 CIP 数据核字（2019）第 280591 号

爱的眼睛和耳朵　退后一步，静待花开
AI DE YANJING HE ERDUO　TUIHOU YIBU, JINGDAI HUAKAI

出　　版	天津人民出版社
出 版 人	刘　庆
地　　址	天津市和平区西康路 35 号康岳大厦
邮政编码	300051
邮购电话	（022）23332469
网　　址	http://www.tjrmcbs.com
电子信箱	reader@tjrmcbs.com

责任编辑	岳　勇
装帧设计	陈　姝

印　　刷	北京楠萍印刷有限公司
经　　销	新华书店
开　　本	710 毫米 × 1000 毫米　1/16
印　　张	13
字　　数	200 千字
版次印次	2020 年 1 月第 1 版　2020 年 1 月第 1 次印刷
定　　价	49.80 元

版权所有　侵权必究
图书如出现印装质量问题，请致电联系调换（022-23332469）

目 录

第一辑　春风和少年

春风与少年，永远是成年人难忘的记忆，如若能相逢这美好，谁愿意放过呢？

第二辑　透过迷雾，看见爱

青春的时候，对于妈妈尖刻的言语我总是难以忍受，会跟她针尖对麦芒样地吵架，然而年岁渐长的我，已经练就了一双慧眼，会透过生活的迷雾，看见爱。

第三辑　生活启示录

年岁越长，经历越多，越觉得生活是
位睿智哲学的老人，从来不言语，却把一
切要说的都教给了我们。

第四辑　光阴的铁环

这光阴铁环啊，真让我们的生活幸福
又忧伤。然而，它仍然马不停蹄地一路滚
下去，也许它的意思就是让人们活一遭，
跟在它后面体会人间这酸甜苦辣咸的滋
味，活就要活得有滋味啊！

第一辑　春风和少年

春风与少年，永远是成年人难忘的记忆，如若能相逢这美好，谁愿意放过呢？

春风和少年

街的拐角处，有位老人摆了个小摊，摊位上卖一些儿童玩具，最招人眼的是那些风车。风车像身材纤长的姑娘，正亭亭玉立在摊头。她们穿了五颜六色的衣裳，鹅黄、松绿、粉霞……缤纷炫目，可爱玲珑。春风鼓起娇俏的嘴巴轻吹一口，风车们便吱溜溜地转动起来，似乎在快乐地说："春天来啦，春天来啦！"

六岁的女儿被风车粘住了身子，再也不肯迈开一步去，掏钱给她买上一架风车，她擎在手里，小脸兴奋得像一轮小小的太阳。风车在她手里吱溜溜地转着，也把我的记忆转回了童年。

彼时的我们，也是小小少年，却因家贫，没有任何钱钞买玩具。我们却不肯辜负春风，自己动手，制作风车。从作业本上用小刀裁下一张纸来，一番折、叠、剪；再去父亲的工具箱里寻一根长铁钉固定纸片，作风车芯；又去河堤上截一根空管芦柴棒；最后把风车装进芦柴棒里，一架轻便的风车便活灵活现地出来了。

风车做好了，春风却像淘气的少年，躲藏着，不见了。我们不怕的，一伙儿去寻他。村里年龄相仿的小伙伴们都齐刷刷排好队，紧紧地握着自己的风车。只等谁喊一声："预备，开始。"就撒开腿，追春风去。我们拼尽全力跑起来，像开了栅门后的小羊羔们，为了离圈的自由奋力地奔跑着。跑着跑着，我们发现春风迎面来了，那一架架风车简直就要像鸽子那样飞起来了。谁能分得出哪架风车转得更快？我们快乐的笑声，泼洒了一路。

少年和春风的游戏，还有放风筝。诗歌里有"儿童散学归来早，忙趁东风放纸鸢"的句子，少年谁不爱风筝啊？不过，风筝在我童年时更是稀罕物。大人们舍不得给钱让我们买风筝，我们自己做的风筝，穷尽毕生力气却飞不上天。有一年，父亲看不过我们的风筝总是像昏头蛾子似的，三下五除二就栽到地上去，就亲自为我们做了一架喜鹊风筝。父亲去离家很远的池塘里砍来韧而柔的江柴做风筝的骨架，搜寻了密度较轻的塑料纸给风筝做了华衣。果然，我的"喜鹊"一路高飞，睥睨着"蜻蜓""蜜蜂"直上云霄了。

每到春风又起时，我总不由自主想到父亲那只让我出尽风头的喜鹊风筝。时光如水般漫过，当从我记忆里捡起童年的风车、花喜鹊风筝……它们已从当初貌不惊人的鹅卵石悄然变幻成光亮而美好的玉般模样了。

我希望我的女儿长大后，也可以像我这样遥想童年。因此，当女儿可以像小羚羊般在春风里奔跑跳跃时，我总是毫不吝啬地给她买上一只风筝，让她去放风筝，和春风嬉戏。

今年又陪女儿去买新风筝时，那条街道已经变成了风筝一条街。形态各异的风筝悬挂在摊位上，只等人们带走它们。女儿选了一只金鱼的，我们旁边是一位带着妻子、孩子的青年男子，他选了一只燕子风筝。

女儿已经是放风筝的老手了，她把风筝紧紧地握着手里，准备去寻风大的空地放飞。而那位年轻的父亲，却已迫不及待地在路旁就放了起来。路旁树木、高楼林立，遮挡了春风，他的燕子风筝又如何上得了天？我们不由得笑他，他倒不管不顾，这是一位春风里的老少年啊！

春风与少年，永远是成年人难忘的记忆。如若能相逢这美好，谁愿意放过呢？我突然懂得了那位年轻父亲迫不及待的心。

时光里的合欢

年少时，姨妈在另一个村庄里住着，我常常骑车去看她。去她家要经过一座高桥，高桥旁的河堤上长了许多的树，树们一律郁郁葱葱、生机勃勃。有一棵树就长在高桥边，它生得粗壮高大，有硕大的树冠，枝干旁逸斜出，有些枝条就伸触到高桥栏杆上来。

每年五六月份，这棵大树上就开满了粉红色的花，我总是要忍不住驻足观看。看到树冠被一层粉红色的花朵覆盖，我会想起课本里鲁迅先生形容樱花的句子："上野的樱花烂漫的时节，望去确也像绯红的轻云……"显然这高桥旁的树不是樱花树，那它是什么树呢？花也开得这么美，我起了好奇之心。只见它的花，不是乡村常见的圆形喇叭状的花朵儿，它的花儿是一片片的，像舞女起舞时拿在手里的扇子，又像开屏孔雀的尾巴。我心里对这树上的花朵真是万分爱慕，却不敢从桥上倾出身子去采摘它们，怕一个不小心翻落到河流里去。

回家之后，我依然对这棵开花的树念念不忘，向父母亲叙述形容花树的模样，他们听后只是摇头说不知。后来，去姨妈家的路被重新修筑了，狭窄的砖路变成了水泥大道，高桥变成了平桥，这棵开花的树不见了影踪。

一晃眼许多年过去了，人们的生活发生了翻天覆地的变化，有了电脑、手机、网络等新生事物。网络上一位擅长摄影，爱花成痴的姐姐，隔三岔五就会晒晒她喜爱的花儿，什么蝴蝶兰、帝王莲……跟随姐姐的镜头，我认识了不少花儿。又有一天，一片扇子状的花朵出现在姐姐的朋友圈动态中，她在花朵旁配上简单的两个字：合欢。我的记忆骤然被图片中的花朵唤醒。这不是我年少时心心念念的那花树上开的花吗？原来我年少时想知道的那棵开花的树是合欢树，花是合欢花！那心里的喜悦，不亚于他乡遇故知。

我们在偏僻的郊区买了一间房，买那座房是为了让孩子去附近的小学读书。后来，因为种种原因，孩子一直跟随我在小镇读书，城里的房子就空着，很多人评价我的房子买亏了。直到七年后的一天，我住进了房子，在房子里吃饭、休息、写文章。一日写文写累了，我走向窗边，去看窗外的景致，我大吃一惊，我的窗外竟然站着一棵高大的合欢树。其时，正是花开时节，上面开满了粉色的花，像一片绯红的云。这棵合欢树简直与少年时遇见的那棵形状相差无几。七年后，我就这样又与合欢花树骤然相逢。合欢是让人忘忧解烦闷的花树，又有夫妻和睦的意义。前人说过的句子："萱草解忧，合欢蠲忿"不由冒上心头。那一刹那，从前人们评价房子的流言蜚语因为这棵合欢树，突然烟消云散。

"你未看此花时，此花与汝同归于寂。"每每累时，我就去看看窗外这棵合欢树，心便变得平静淡然起来。

乡村五月

　　一过了"人间四月天"，稳当的光阴似乎突然就奔忙起来，乡村的人们会忍不住念叨："都下五月了，五月了啊！""五月"仿佛是一个年轻女子的名字。她如花骨朵般含苞待放，羞涩又清丽，爱慕她的人们把她的名字含在舌尖上轻轻呼唤。人们用珍惜的语气唤着五月，希望她可以留得久长一些。

　　五月的乡村，一切都是正正好的样子，空气饱和湿润，有鸟儿轻快的宛转鸣啾，有植物的清新馨香的气味；温度也正适宜，天开始热了些，但太阳还未变得狂妄，它只是耍着小小的威风。人们应和着太阳的脾气，只穿了单薄的衣衫，穿少的人们更像自热的赤子，心灵上也轻松起来，自在地去干活、玩耍，样样挥洒自如。

　　放眼四望，大地上还是"绿"一统江山的阵势，远处的田野里是绿的麦苗，近处的道路旁是绿的树木，人家屋檐下的石头缝里是绿的野草，触目可及都是绿、绿、绿，那些绿像谁随意倾倒的颜料，到处流淌。到五月下旬，代表植物成熟的"黄"压了上来，一星星一点点的黄，不知道准备什么时候燎了原？乡村的人们谁也不急，由着天之手安排妥当。

油菜开始结籽，结细长弯弯的荚，弯弯的菜籽荚像俏丽女人的眉毛。田垄旁的蚕豆也结了荚，蚕豆荚一个个长得胖乎乎，像成年男人的手指头，粗粗壮壮。荚里的蚕豆儿一定像小婴儿一样在拼命长大，先是米粒大小再长成小指甲盖那么大，最后长成一颗颗珠圆玉润的蚕豆儿，成年人大拇指那么大，碧绿绿的一个个。

菜园子里的芋头秧子埋下了，碧绿的圆柱形的梃子上顶着一叶或者两叶椭圆形的叶子，像幼生的荷叶。黄瓜、丝瓜种子都长出了幼嫩的苗，仿佛一只只小手在五月的风中招摇。善农的人们，准备好了芦苇秆、竹子，等苗苗们长大，生出滕，就用苇秆、竹竿给它们搭上架子，但离搭架子的时候，还有一段长日子。这是一段尽心尽力，单纯的生长期，离攀附别物，需要别物来支撑的日子还远着呢。

菜园地紧靠一条小河，小河的岸边水里生着一大丛密密织织的芦苇，芦苇的叶子从狭窄细长日渐变得丰硕肥厚。主妇们、孩子们看了都开心起来，端午裹粽子的叶子有了，嗅着芦苇叶的清香气，仿佛已经吃上了清香糯甜的粽子。

这真是一段清明的好时光，乡村里的农人们也不忙碌，该种的种子都埋在土里，收获还没到时候，他们尽可以享受一段清明的好时光，去看一场淮戏。远处什么地方的人家热热闹闹地给老人操办生日宴，请了淮戏班子来，敲锣打鼓的开场，胡琴悠扬地伴唱起来。

农人们蹬了三轮儿，开了电动车去赶赴这春夏之交的盛会。在台上戏曲演员咿咿呀呀的吟唱里迅捷的时光又变得缓慢起来。

乡下的端午

开了春，正是"蒌蒿满地芦芽短"的光景，河堤旁娇嫩的芦芽撞入乡下主妇的眼帘，她们不动声色地喜悦起来——端午的粽叶有了。乡下作主妇的女人，都有一种过日子的精明，她们眼观四方，坦然又自得的接受着大自然的馈赠。

每日清晨，主妇们去河码头边淘米、洗衣的时候都要看一眼河堤边的芦苇。芦苇一日一日地茁壮起来，芦苇秆直挺，叶子缀缀累累。哪些苇叶肥大丰硕，能包出更好吃好看的粽子来，都逃不过主妇们精明的眼。她们只安然地等着端午到来，好去采摘芦苇叶。

偶尔会有一两个心急的主妇抢了先，去摘苇叶，其他的并不生气，这么一大片呢，摘不完的！

端午前一天，主妇们把采摘好的苇叶一叶一叶地梳理起来，那认真劲像刚上学的孩子在整理作业本。她们把理好的苇叶，按顺序小心地放进一口大铁锅，让大火烊煮。

粽叶煮好了，捞出锅来，空气里氤氲着清新的苇叶香，再看一眼粽叶，已不是原来碧翠流淌的颜色，是青中泛了黄，有经风历雨的沧桑厚重感。也只有经过大火炼烤，沸水中滚煮后，芦苇叶才有了不易折断的韧性。人不也这样吗？风风雨雨，也许会使你更强韧。

糯米淘好了，静候在一旁，只等主妇们灵巧的手，给它们穿上粽衣。乡下主妇们的聪明才智可见一斑，她们把女红的技艺和几何学完美地整合，只用一根金灿灿或银闪闪的粽针，不需要任何丝线，便裹出各种玲珑巧妙的粽子，三角形、四角形、亭子形，花式繁多令人惊叹。经年之后，我在城里安家落户，超市明亮的柜台里，粽子们挤挤挨挨地堆叠着，身上无一例外缠着密密麻麻的线绳。我嗤之以鼻地慨叹，这城里粽子简直像木乃伊，丝毫不见乡下粽子的那份眉清目秀。口味自然也赶不上乡下的粽子，虽然种类繁多，但是靠着冰箱冷气苟延残喘自己的生命，口味自然一般。

乡下的粽子，粽叶、内馅什么都是新鲜的。童年时候，家贫节俭的人家，就去菜园里摘新鲜的蚕豆、豌豆裹进粽子里，包出来的粽子总是带有豆子的清香味。也有人家不论贫富状况，一年一个端午总是要过得隆重，主妇们十分舍得，去商场里买上好葡萄干、蜜枣，去市场上切上最新鲜的五花肉，分门别类地做成馅放在糯米里一起裹成粽子。

裹好的粽子都放进大口铁锅里，加柴火用大火烀煮。孩子们像吃不上鱼的馋嘴猫，围绕着锅台打转，他们直勾勾地看着锅，一副眼巴巴的模样，母亲终于憋不住，说："过来尝一个，看煮熟没？"

孩子不会像大人那样，谦让着，小口小口地尝。他们一把抓起粽子狼吞虎咽，风卷残云。母亲问："味道怎样？好吃吗？"只听到喉咙里咕嘟一声："好！""好"其实是后来的事，记忆穿过绵延悠长的光阴，再回去，母亲的怜惜慈爱，粽子的绵软香甜，童年的安闲像井水汩汩而出。越是年岁渐长，越愿意把这些滋味温习一遍又一遍。

粽子是乡下端午的重头戏，像乡戏里的女主角，她粉墨重彩地登了场，端午的锣鼓声就铿铿锵锵越发响亮了。

家家户户忙不迭在门楣上插上新采摘来的菖蒲、艾草，弥漫在空气里的菖蒲的幽香、艾草的药香、粽子的清香浓得辨不清的时候，乡下的端午就像样子了。

麦浪滚滚

从城市驱车去乡村。城市与乡村在美感上，真不好比。再大的城市给我的感觉都仿佛一只散乱的毛线球，那乱糟糟的毛线是纵横交错的城市之路，火柴盒般的高楼大厦傍路而建，甲壳虫般的汽车、毛毛虫似的火车、蝼蚁般的人们都在城市之路上挤挨而行，奔奔忙忙。一入乡村，陡然的天开地阔，仿佛观临一片海，乡村的确是海，是植物们恣意生长的海洋，村庄则像一只只小小的帆船，散落漂浮在海上。

天之手应时识季地变换这片海的颜色，春日，给她一片碧波荡漾。到了夏，则是一片金波闪耀，菜籽熟了，麦子熟了。成片成片的麦田，麦浪滚滚，麦子粒粒饱满，像养得丰肥的婴儿，此时的太阳像新手父亲，心头充满太多的爱意，越发有光芒，铆足劲放射他的光和热，热烈地照耀在麦子上，麦粒便变得更鼓胀了，麦穗一时都沉重起来，止不住地要往大地母亲怀抱里扑去。到该收割麦子的时候了。

与在乡村居住的母亲聊起，童年时候收麦子的往事，那是一段辛苦的记忆。

村庄上的男人们每每在夜晚磨刀，把弯月形状的镰刀磨得发出月光似的清冷的光。白日里，男人、女人齐齐下到麦田里，开镰割麦，各家的小孩子也被赶到麦田里，去捡麦穗。

割下的麦子捆成一捆捆堆放在麦田里，等割完所有的麦子，男人女人再用肩膀和扁担把麦捆挑到打谷场上去。打谷场上有一台脱粒机，脱粒机形如狮子，状若老虎，它有一张血盆大口，一接上电，就会发出狮子般的吼叫声。聪明的人们往它嘴里喂麦把，它就会把麦粒和秸秆分开来，这就是脱粒的农活。

脱粒这活儿一两个人根本无法操作，于是人们总是通力合作，不论哪家脱粒，都是一个村庄上的人都来干活，像去参加龙舟比赛似的。由两个身强力壮的中年男子站在脱粒机头，他们负责往喂脱粒机的大嘴巴里喂麦把，其他人则排成长龙一样的队伍，挥草或者把麦粒运到打谷场上。

为赶天时，抢在梅雨到来之前，把麦子颗粒归仓，人们不分昼夜地在打谷场上劳作着，到最后总是累得直不起腰来。全靠人工收割麦子的农活，像渔人们驾着小小的木船去海上打鱼，要预防暴风骤雨的袭击。可是有时人们尽管勤勉尽力，仍免不了遭了风遇了雨，辛辛苦苦，收成却总是一般。

好在，谁也没有放弃过，每年的六月，乡村里依然麦浪滚滚，时代的巨轮在轰轰的向前。

母亲感慨，现在的日子不一样了，如今的人们享福了。虽然，村庄上的年轻人，有许多冲着车水马龙、闪烁霓虹都涌进城里去了。但还是有一部分，愿意看云卷云舒，滚滚麦浪的年轻人驻守在乡村里，他们坐在大型收割机的驾驶舱里，像开着一个豪华游轮。开着收割机，一天要收割一个村庄，总是能抢在下雨前，让麦子颗粒归仓。现在的收割，再也不像从前那样辛苦，大人孩子全部赤膊上阵，下到麦田，汗流浃背地挥镰、捆扎、挑担、脱粒……现在一个人一台机器就能把翻涌的麦浪全部稳妥地收割完，像开着超级豪华的海轮去捕鱼的人们，心里是淡定从容的，也总会收获的。

日子真的是越来越好了！

从前的儿童节

那会儿，我在乡里的小学读书，平时上课、放学钟摆一样有条不紊。不过，六一节前夕的那些日子，学校像一锅快要煮沸的粥，变得热气腾腾，喧嚣四起。课堂散漫了，各路老师来班级里选拔人才，鼓号队、舞蹈队、话剧社、合唱团的……纷至沓来。老师们会挑选学习好、长相好甚而家境好的孩子。挑选家境好的孩子的理由大概是家长舍得给孩子买上一套表演服，被选上的孩子往往得意扬扬，喜形于色，未选上的总归有些落寞、惆怅，在心里生了些少年愁滋味。

其时的我成绩平平，家境窘困，父亲曾为我在学校里丢失了一条塑料项链，而找老师谈话，我自然落选的时候多。有一年，新来的邱老师，选了我去排练舞蹈——《春天在哪里》，记得那天放学，我是像鸟雀样跳跃着回家的。其实，做观众也有自己的那份快乐，但年幼的心总是热切盼望做台上的演员。

等鼓号队终于能奏出三两支完整的曲子，合唱团的童声变得嘹亮悠扬，六一节就临近了。六一节的前一天，老师会吩咐做观众的孩子们人手准备一束花。我们创意无限多，家里茶几上瓶子里的塑料花被取了来，去人家院子里采摘来开得正鲜艳的月季花，还有一些同学自做了大红色布花或者纸花，数支花用牛皮筋捆成一束，做观众的道具就安排妥当了。

终于到了六一这天，像一场盛宴终于要开席了。

我心里怀着喜悦，早早就起了床，穿好蓝白相间运动衫样的校服，套上妈妈新买来的舞蹈鞋，我的舞蹈鞋是白色方口有松紧带的帆布鞋，条件好的人家会给孩子买一双"回力"牌的白球鞋。书包这一天理所当然请它休息，做演员时，手里会拎一个袋子，装着表演服。我的袋子曾装过一件背带红裙，红裙下面做成百褶状上面订了两根手指宽的背带，每个女生穿上后，都会忍不住打个旋转，红裙就宛如一朵花般绽开。

到了学校，老师不敲铃，我们也不上课。小演员们都去作最后的排演，老师必定要吐沫横飞地强调下午的演出，表情要自然大方、动作要整齐划一、声音要响亮有激情……没有参演的孩子会被班主任组织起来去做彩花，用一种皱纹纸、牛皮筋扎成一朵大海碗样大小的纸花，这纸花是给合唱团的演员们用的，与观众前一天的手扎花不是一回事。

六一节的上午虽说过得有些潦草，但我们的心情轻松并满怀期待。这天往往不午睡，下午早早就来学校，小演员到校第一要紧的事是化妆，女老师们齐齐站着给我们脸上涂抹上一层白粉，再描了细细或者夸张的眉，等涂口红时，我们总是龇牙咧嘴的要笑出来，化妆时心里有异样的喜悦，平时甚是威严厉害的女老师，手指轻柔地触摸我们的脸，竟比妈妈的手更柔软让人舒服。

一切准备就绪，我们在校园里排好了队伍，在老师的带领下向乡里唯一的影剧院出发，鼓号队在前面敲锣打鼓地开道，后面是做演员的孩子，再接着是做观众的孩子，一支长龙一般的队伍。行进途中，按班级划分呼喊口号，每过几分钟，就有一个班的孩子用整齐响亮的声音呼喊："庆祝、庆祝、热烈庆祝！"并不约而同地把手里的花擎到天空中去。孩子们清脆干净的童声此起彼伏地响彻在原本寂静的街道上，不一会儿街边上站满了老老少少的人，他们笑眯眯地看着我们的队伍蜿蜒而过，我们年幼的心上升腾起军士凯旋般自豪、喜悦的情感。

等抵达乡上的剧院，演员们都聚在后台，马不停蹄地换装，准备开始表演了，唱歌、跳舞、演话剧、演小品……时至今日，童年的六一节演唱过的那些歌儿，我依然记得：《让我们荡起双桨》《每当我走过老师的窗前》《美丽的田野》……有一首《种太阳》我尤其喜欢，不能忘记那温暖美好的歌词："我有一个美丽的愿望，长大以后能播种太阳，一个送给南极，一个送给北冰洋，一个挂在冬天，一个挂在晚上……"

演出之后，还有电影可看，电影放映的是《小兵张嘎》《闪闪红星》《铁道游击队》之类，我们都很爱看。影剧院里有个小卖部，里面有各种零食。平时父母对我们严苛，不舍得让我们多花一分钱，但六一节，他们多多少少给我们一点零钱，一角到几角不等。性情节俭的同学买来酸梅粉，里面有个小勺，一勺一勺地舀嘴里，能一直吃到电影放映完；也有些图爽快的家伙二角钱买了根赤豆棒冰三两下吃光完事。

电影放映完，天光渐渐不那么亮了，我们不再回学校，队伍潮水般散开，各自结伴回家去，我们在路上说着、笑着回味着这些日子里的各种情感，并在心里暗暗期盼来年的六一节。

梅子黄时雨

　　那会儿，是不识愁滋味的少年，爱好古诗词的语文老师教我们念："试问闲愁都几许？一川烟草，满城风絮，梅子黄时雨。"这充满忧伤气息的诗，我们却读得欢天喜地，老师叹息着摇头。年幼的我们哪里懂得诗人心上莫名的闲愁？诗人说愁像梅子黄时的雨。在少年的我看来，梅子黄时雨的那段时光，却是分外快乐。

　　一般是临近暑假的光景，梅雨季节就来了。像父母亲捧在手心里娇宠的女孩儿，雨是天地的女儿，她的坏脾气上来了，噼里啪啦一阵猛倒，站在屋里往外看，大雨如瀑，不一会儿，天和地都被她搅混沌了，她必是要撒泼打滚，昏天暗地折腾一番的，似乎知道人们在责怪她的坏脾气，她越发骄横，雨星飞溅着不由分说地抢入屋里来，人们不得不关上门，避避雨这呛人的模样。任雨铺天盖地地倾倒，过了一段时间后，她倒自觉收敛了脾气，变换成了天真娇柔的模样，嘀嗒嘀嗒地下了起来。此时，敞开门，清新的空气扑上脸来，嗅一嗅，雨后果树的馨香、野草的清香、泥土的腥味扑面而来，是大自然的清新味道。

这样的雨季，父亲自然不用去建筑工地上做工，母亲也不用去田垄里锄草。向来早出晚归奔波的他们，在雨天里停当下来。母亲在矮桌上放上一张竹子大匾，匾里堆满棉花，她和父亲围匾而坐，拣棉花——把粘在棉花上的零星枯叶拣走，拣干净的棉花洁白如云，到市场上能卖上好价钱，家里的生活费、我们的学费便不那么要担忧了。我们像听话的小猫主动凑在父母亲身边帮他们拣棉花，因为下雨，温度降低，身感凉丝丝的，握着一团温暖的棉花，听着父母亲唠叨家常，有一种平淡的幸福在潮湿的空气里氤氲。如果我们手指勤快，拣得的棉花多。母亲必定计算着奖赏我们，她会寻出一些留着过年的花生、南瓜子去灶上炒给我们吃。父亲在灶下生火添柴，母亲在灶上翻炒。我们什么都不用干，围着锅灶等候就好。屋檐下雨的嘀嗒声，灶上的花生炸开的噼啪声，父母亲心平气和的交谈声，在我们听来是那样悦耳动听。

一年一年的梅子黄时雨，嘀嗒嘀嗒，像更漏声，催着光阴的步伐，父母渐渐老去，我们渐渐长大，像鸟儿羽翼丰满后，就另筑了巢，我们也离开了父母亲，另有了自己的小家。不以种地谋生的我们，在每个梅雨季免不了会顶着狂风暴雨去挣得生活的所需。人渐中年的我们，懂得了人们常用风雨来比喻人生艰苦，所言不虚，在生活忙碌的间隙里，在雨水的嘀嗒声中，发鬓白，腰弓弯的父母亲也会不由分说地冒上心头，让我们慌了神，他们会非此即彼地叫唤着腰痛、关节痛了吧？很多时候，我们却只能拨了电话，在电话里问候安慰他们。

父亲去世后，母亲一个人独居，每逢梅雨季更让我忧心，我给她打电话，让她注意身体，她却在电话里向我絮叨，因这雨，家里的什物都霉变得不像样子，等天晴后要暴晒……我隔山隔水地叮嘱她，做不动就不做，谁还能像年轻时那样风风火火，干净利索？可是说着，说着，我的心就不宁静了，那愁绪就像窗外的雨嘀嗒嘀嗒下了起来，是诗里的模样，"试问闲愁都几许？一川烟草，满城风絮，梅子黄时雨"。

祖父的田螺

记得幼时家贫，我家餐桌上是贫瘠的，都是自家菜园生长的瓜果菜蔬：青菜、茄子、南瓜一日一日吃过来。南瓜、茄子、青菜再一日一日吃过去。吃到我们心里厌烦，嘴里发苦。祖父心疼我们，想着给我们改善伙食，他日日起早，去田垄旁的沟渠里捉田螺。

夏日的清晨，微风轻拂，空气清新又凉爽，祖父走在沟渠旁，沟渠里的水草正快乐的随风摇摆，她们扭动着腰肢胳膊，似乎在尽情地跳着一支快乐的舞蹈。田螺们正攀附在水草上，随着水草婀娜的舞姿，它们像顽皮的孩子乘上最惬意的秋千，呼啦啦荡过来，再荡过去，只要你用心，能听到田螺们咯啦啦的笑声。

聪明的祖父伸出手来，临水把草叶轻轻一托，三五个附在草叶上的田螺就稳稳地握在他手心里，收入囊中。再迟一点，八九点钟，太阳毒辣辣地晒上来，田螺们就精灵似地躲到沟渠底。这时要捉住它们，祖父浑浊的眼已是看不清，必得带上我们，借我们明亮的眼看了："爷爷你看这里，这里有一个，这里还有一个……"运气好的话，我们祖孙还会捡到·两只龙虾或者小螃蟹。

中午，母亲把田螺、龙虾、螃蟹加酱油、辣子、葱蒜等佐料红烧了。那喷香的鲜味从厨房里溢出来，溢得空气中到处都是，直馋得我们拼命吞口水，终于熬到开饭，饭桌上我们的手和筷子分外忙乱，热烈攥着、挟着，还使手拿着，眼睛也滴溜溜地盯着碗里的田螺。就着田螺，我们呼啦啦地吃下两大碗白米饭。祖父却只是吃了少许的几个，他倒了田螺的汤卤拌饭，咪咪笑着，看我们吃。

祖父他真的老了，他不能再帮我们捡田螺，得了肺病，整日在床上咳嗽。医生背地里跟父亲说："他时日不多了，弄点好吃好喝的给他，不枉来人世一场！"母亲问他想吃什么？他费了好大劲才说："想吃田螺……"

母亲指派我和小弟去给祖父捉田螺。其时却是秋季，田野里一片金黄，稻子要熟了，沟渠里的水快要干涸了。我和上了一年级的小弟，一口气跑到沟渠边，沟渠上没有田螺，我们卷起裤脚，下到渠里，在渠底乱摸一气，也终于捡到一小盘的田螺，还很运气，抓到一只鲜红的大龙虾。母亲烧好了端到祖父的床前说："这是你孙子孙女捡的。"祖父的笑容就浮上脸来，我和弟弟也笑，父母亲也笑了起来，祖父患病来家里第一次有这样温暖的气息。老祖父看了看碗，提起了筷子，嘬了一点卤，嘴里说："鲜呢，田螺、龙虾还是留给我娃娃吃……"

第二年的夏天，沟渠里的水满了，田螺们吊在草叶上荡秋千，祖父不在了，我和小弟独自去捉田螺……

后来，我们长大了，再也没有去捉过田螺。田螺还常常上餐桌，是寻常的美味，这家常的美味常常会唤醒我们的记忆，童年的往事，还有祖父的身影会浮上心头，一种说不清道不明的忧伤和惆怅就会如涟漪般在心湖上，一波一波的荡漾，这也许就是细腻的心能体悟到的人生滋味吧！

盛夏的果实

再也没有一个季节像夏天般体贴孩子们，夏天像旧时富贵人家贤良的母亲，许给孩子们一个悠长慵懒的假期，还殷勤地捧上一堆蔬果，让孩子们尽吃。

梨子累累地挂了满树，橙黄色的鸭梨有一个成年男子的拳头那么大，像一只只铅制的小钟似的，沉甸甸的，快要坠下来，善爬的孩子"噌噌噌"地上了树，坐在树丫上，伸出手来摘上一个先大快朵颐起来。他右手里吃，左手里采摘，裤兜里塞满了，怀里也兜上几个，像捡黄金的人，只恨身上再也没有地方收藏，转而叫下面的伙伴接梨子，他把梨果摘下专往平软地上扔，下面的孩童兴奋地捡拾着，树上树下的笑声连成一片。

枣子也结好了，一颗颗挂在树上小风铃似的，碧翠色、紫红色的小风铃在树间摇呀摇，摇得孩子们心都痒了，可惜枣树高，大人们不允许孩子们爬上去，于是三五成群取了长竹竿打枣。一杆一杆地打下去，枣子如雨落，纷纷去捡，捡起的除了枣，还有无数的快乐。

紫红的桑葚，孩子们不大理会，嫌它们的颜色不够清洁，紫不紫，红不红。又嫌它们的味道不够正宗，甜不甜，酸不酸，实在复杂。风吹过，落下一堆毛毛虫样成熟的桑葚，孩子们最多捡起三两颗，尝一尝，绝不为它们费尽心思。

怨不得孩子们挑剔，实在是盛夏的果实数不胜数，尽可任性选择。屋前的菜园子里长了一架葡萄，一架黄瓜，葡萄绿的绿，紫的紫，都圆润润的，一颗颗像珠玉似的，抬手摘一颗，放进嘴里，真甜呀！再一低头，看见架子上端坐着一只只黄瓜，胖娃娃似的可爱，摘上一条，咬上一口，脆香。要是愿意再往地上看，番茄也熟了，一个个灯笼似的，绿色红色皆有，这时候，你要聪明些，只管摘那红通通的番茄，包管吃了口里生津。

孩子们还爱着夏天的河流。河流结了什么样的果实？你要是身手够敏捷，只蹲伏在水码头上，就可以采摘到河的果实——鱼虾，那样活蹦乱跳的鱼虾做成菜肴，滋味可真是鲜美啊！

爸爸最引以为自豪的是，他曾在河流耍脾气——发小洪水时，捉过一条毛鱼。那条毛鱼有三个指头宽。爸爸让妈妈把毛鱼煮给生病的爷爷吃，爷爷的病竟然好了起来，河流的果实真是堪比灵药。

孩子们常常想下到河流里去，探探河流的果实。大人们竭力不许，他们常说，河流要是发起脾气，什么都能收走，连小孩子的命！与河流有血脉之亲的沟渠圆了孩子们的亲水梦。小小沟渠里有龙虾、螃蟹、田螺、小鱼……趁着清晨，早起的孩子打算去捡拾沟渠的果实，田螺吊在清晨的水草叶上荡秋千，孩子们囊中取物般把它们一个个捡拾到篮子里。龙虾们正儿八经地趴在水面上呼吸新鲜空气，孩子们只需要在它们后面悄悄放上细密的网，在前面用棍子赶着它们，龙虾们当即拼命往后一退，它们总是以为退一步海阔天空，其实不然，退一步正是罗网。等有了小半篮的果实，太阳又升起来，孩子们便离开了沟渠，离开了水边，把篮子里的虾螺交到妈妈手里，中午餐桌上的餐食有了。

盛夏的果实，说也说不完呢……

扇子里的旧时光

凉爽的空调房里，祖孙俩在唱歌谣，奶奶在教，我女儿在唱："扇子扇凉风，日日在手中，谁能跟我借，等到十月中……"听着女儿用稚嫩、清脆的嗓音唱着从前的歌谣，我陡然意识到，光阴快，日子已经沧海桑田的变化了，从前夏日里不可或缺的扇子已经退出了生活的舞台，扇子和旧日时光一起留在了记忆中，留在了歌谣里。

我与女儿一般大小的时候，家里没有电风扇、更没有空调，家里只有扇子。我家有两种扇子，芭蕉扇和芦蒲扇。芭蕉扇是母亲从市场买回来的，圆面，有结实的梗柄。母亲常常用针线、彩色的布条给芭蕉扇包边，镶了彩条的芭蕉扇不但结实还更好看了，芭蕉扇扇起来风也大，这样的扇子常常用来待客，家里来了亲戚，母亲便吩咐我和小弟赶紧去找出芭蕉扇，送到客人手里，让他们扇风凉快起来。一把扇子可以用两三年，母亲就是这样精打细算，把我们一天一天朝好日子上领的。

家里的另一种扇子是芦蒲扇，芦蒲扇是母亲自做的。家乡是水乡，水乡多芦蒲。通常是由臂力结实的男人们划了小船，带了镰刀，去开阔的外河寻找芦蒲长势最好的地方采割。男人们把新鲜的、苗壮的芦蒲成捆的抱上岸，放在太阳下暴晒。经过阳光的照耀蒸腾，失了水分的芦蒲，变成黄褐色，再把芦蒲放在石磙下，千百次的碾压。这样的千锤百炼，娇嫩易折的芦蒲才有了坚韧的生命。世间哪一种生命变得结实，不需要锤炼？

人们把刚采来的芦蒲称为生芦蒲，锤炼后的芦蒲叫作熟芦蒲。熟芦蒲可以做编织品，做蒲扇、编蒲包、打蒲席……编织的活是水乡女人们的。女人们把芦蒲抱在怀里，理理顺。一家的伙食费，孩子们馋嘴的冰棍钱都在这芦蒲上呢！她们会用编蒲包、蒲席之后剩余的材料做蒲扇。她们把三四根的长芦蒲，穿插摆好做了蒲扇心，然后只见芦蒲在她们手里欢快地跳跃着，芦蒲越来越短了蒲扇就要编好了。芦蒲扇相比芭蕉扇要笨重得多，扇起来也没有那么凉快。

母亲特地给我做了小号的蒲扇，她还让父亲给我们削了一根绿莹莹的细竹竿作柄。我的这把蒲扇是菱形扇面，绿竹柄，小巧玲珑，轻摇起它的时候，还有芦蒲的清香味儿。

这把绿蒲扇，我真是日日不离手，拿着它，白天用它扇风，晚上就用它去捉萤火虫。一次在河边捉萤火虫的时候，我一不小心，撒了手，它掉到河里去了。我着急，要跳到河里去捞。小伙伴们忙把母亲找来，母亲一把拉住正准备滑下河去捞扇子的我。

童年的夏日，白日是好过的，和小伙伴们采莲、摘菱角、游泳、斗水嬉戏，是乐而忘忧的好日子，到了夜晚是难熬的，天气炎热，无法入眠，就在母亲身边嚷着热，母亲就举起她的大号蒲扇给我和小弟扇着，一下又一下，直到我们睡着。半夜里，我们热醒后，又会叫道："妈，我热，热死了。"母亲于是又举起手边的蒲扇一下又一下给我们扇，直到我们再次进入梦乡。全然不顾母亲为了生计已经累得不成样子。

母亲们聚在一起，会互相既快乐又抱怨的盼秋凉，她们互相安慰着说："天天给猴崽子扇扇子睡觉，膀臂扇得酸痛僵硬，秋凉就好了。"等我自己做了母亲，才知道从前的旧时光里母亲们的爱，那份爱深沉得令我们一生铭记。

那座老大桥

散步，是我最爱的"一日之弛"的事儿。每日晚饭后，我和老公并肩出门，出了我们居住的大巷子，往东走是人来人往、车喧马闹的新街。往西，是人迹稀少、衰颓破败的老街。我喜欢往西走，不消几步，就来到老街上，老街傍河而建，河上有一座拱桥。这座拱桥肩负起连接老街和另一个村落的任务。

拱桥已见年岁，桥身上的水泥面裂了大大的口，水泥制成的桥栏杆也成了深褐色，那是被无数风雨浸润过的颜色。拱桥有五个拱洞，中间一个大洞左右各两个耳洞，拱洞们齐心合力一起驮着桥身，显得既端庄又优美！

这座拱桥有多大岁数谁也不能说个真切。但是打我小时候起就知道它的名字——蒋营大桥。我的老祖父告诉我，民国时期，军阀混战，有一位姓蒋的军官带了他的部队在我们这地安营扎寨，此后，我们这无名之地就被人们叫着"蒋营"，至于现在又改名为"九龙口"，那是后话。蒋营这地儿唯一气派的大桥就叫它——蒋营大桥。

桥坡颇陡，我慢慢地攀上去，像在爬一座矮山，一到桥中央，眼界立刻开阔起来：源远流长的河流、河中密密织织的芦苇、河两岸葱郁茂盛的树木、傍河堤而筑的房屋……都一览无余。极目四眺，这条河仿佛一个妙龄女郎的项链，细细长长。河两岸鳞次栉比的房子，则像项链上叮叮当当的铃铛。把眼光收回，从桥上看下去河流泛着碧绿的柔波，缓缓静静地从远处来，又向远处去，发出轻微的水波声，像情人的喃喃细语，这条河真是有说不出的俏丽和风情。居住此地的人们也是极有智慧的，给她取了一个恰如其分的名字："蔷薇河"。

　　想领略蔷薇河的美妙，要在夏日的黄昏登上"蒋营大桥"，那最是恰逢其时。高桥临风，晚风送来河两岸房子里晚炊的青烟、远处码头上女人的说话声、孩子们游泳嬉戏的笑声……这一点点的烟气人声像微风摇动屋檐的风铃，只使得整个地方更安静了，这不可言说的安静让工作了一天烦累的人们，心上终于轻松惬意起来。

　　日头西沉，暮色悄降，蔷薇河里，一群鸭从远处游了过来，"嘎嘎嘎"地叫着，它们像列队走过小镇街道的少先队员们，总是欢快地说着什么。偶尔有一两只鸭因为贪食河边水草中的食物而落后，只见它一抬头看见远去的伙伴们，于是奋力划动两只树叶样的脚掌，拼命向前赶去。赶鸭人是个沉默的老头儿，不发一言地落在鸭群后面，他也做河道清洁工，捡起人们随意扔在水上的塑料瓶放在自己的小船上，这一幕真可以入画。

　　渐渐的，桥上热闹起来。人们吃过晚饭，都来纳凉。小镇上的年轻人都去大城市里闯人生了，桥上是老人居多。老婆婆们谈论的是远方城市里可爱的孙子孙女，车水马龙的街道，热闹喧嚣的店铺……老大爷们则常常兴高采烈地忆苦思甜，从前一亩地最多收上一篓子的小麦稻谷，现在一收就是千把斤，家家户户不愁吃穿了，老大爷们也与时俱进地谈论网上购物的方便快捷，这个小城里的交通亦发达了快要通上高铁了，而脚下这座衰颓的老桥政府打算拆掉，翻建两座更宏伟的大桥代替它……

　　两座如虹般气势恢宏的新大桥，一南一北遥遥相对架在蔷薇河上。北边的那座仍取名为"蒋营大桥"，南边的那座则名为"红旗桥"。生活总是这样，新生的取代老旧的，即便名字还在，却早已物是人非。老大桥完成了它的历史使命，消逝在时光长河里，它的痕迹只能从照片里或从人们的记忆中寻找了。

水码头是水乡的逗号

故乡是水乡，河流星罗棋布且沟壑相通。人家傍水而居，为了能掬一捧清凌凌的水于洗一菜，蒸一蔬的饮食烟火中，家家户户门前都砌了水码头。

不消说，砌水码头是男人的活。男人就地取材，砌房用剩下的红砖、青砖都收拾来，在手中像列队的小兵一个一个排起来，再一层层叠上去，变成台阶。还有一些男人会木工手艺，在河里打下木桩，钉上木板，修成栈桥一样晃悠悠的木码头。偶有一家水码头用水泥砌成，砌得宽宽的，像镇子上影剧院前的台阶，气势磅礴的样子，可见得这人家的经济够富足。

我家家贫，水码头却也是水泥板修成。父亲在建筑工地上做小工的时候，把人家废弃不用的水泥板用双肩挑回来，砌成了一米多宽的水码头，可容三个人一起上下，村里的女人羡慕母亲，说父亲对她真是好。

天边上还挂着一两颗星，女人们就起来了，臂膀上搭了手巾，一手牙刷一手淘米箩，迈着轻巧的步子来到水码头上，碧水如镜，当河理红妆，洗了脸，梳了头，收拾干净后，哗啦啦淘米，米粒儿在淘箩里腾挪跳跃的声音引来相隔不远另一个水码头上女人的招呼。接下来，村庄就飘起袅袅的炊烟，一天的日子就这样开始了，男人吃了早饭，外出做工挣钱，女人在家锅前灶后地忙碌着。

中午是一段寂静时光，男人女人都小憩了。孩子们偷潜到水码头上，水码头上有小鱼小虾来回悠游，孩子坐在水码头上，把脚放在水里，让小鱼轻吻自己的脚趾头，或者用淘米箩去捕米色的灵动的小河虾，捉住了大叫一声，倏忽又捂了嘴，不能声张，这是大人不知道的隐秘的快乐时光。

傍晚时分，男人灰扑扑地从外面回来了，在码头上哗啦啦捧水洗着身子，高兴起来一个猛子扎到水里像一尾灵活的鱼悠游。女人和孩子就站在岸边笑着看，女人告诉男人孩子中午偷上水码头的事儿，男人一把揪住孩子要他学游泳，孩子两手傍着码头不肯离开，做父亲的就狠下心，推开他，把他扔到水中央去，孩子呛了好多的水，坐在水码头上大哭，他不知道这是人生的第一课，总要离开码头，独自去远行。

此去经年，再看身后的故乡，那片水乡像一篇灵秀的文章，那一条条明澈诗意的河流便是成文的句子，而一个个水码头是句子的逗号，句子因为有了逗号，才有了忧伤喜乐的情怀，河流有了水码头，才有了生机勃勃的生命气息。

被遗忘的池塘

　　走在车水马龙的街道上，两旁高楼森然林立，一家店铺里传来罗大佑的那首《童年》："池塘边的榕树上，知了在声声地叫着夏天……"敏感的心顿时一怔，童年的物事从喧嚣热闹的老歌中，从记忆里席卷而来。安静的小村庄里有如天上星般散落安居的人家，这些人家傍水而居的多，再不济，屋后也会有一方小小的池塘。池塘旁种了几棵梧桐树、桑树或者槐树都树冠如盖，像给池塘撑起顶顶遮风遮雨遮阳的伞。

　　孩童乐水，父母使出种种哄诱威逼的手段，阻止我们这些小孩去河里玩水嬉戏。其实湍急的毫不犹豫把我们的塑料拖鞋带到远方去的河水，也使我们心惶惶。但水的魅力又堪比棉花糖、赤豆冰棍。退而求其次，我们放弃村庄的河流，选择池塘做我们的游乐场。水乡的孩子都会水，池塘又那么浅。

　　早晨的阳光被桑树叶细细碎碎地筛落下来，有的落在池塘边上，是一个又一个铜钱大小的黄晕，有的掉落在池塘里，光和水融为一体，我们一下子就看到池塘土黄色然而特别干净的泥底，有小鱼儿在池塘里悠游，要不了多久它们就会成为我们鲜美的盘中餐。有田螺攀在池塘边的芦苇上，田螺总是乘着早晨或者夜晚的凉爽爬上芦苇秆，呼吸着新鲜的空气，也许顺带着打量这世界有没有变了模样？炎热的正午它们从不出来，只管躲在水里享受清凉，我们孩童常常感叹，田螺是多么精明！然而再精明的它们也赶不上村庄里最傻的孩子伶俐，祥叔家的傻哥总是能趁着清早或者晚凉捉上一米萝的田螺。在第二日的时候，去集市上卖掉，把挣得的零零碎碎的毛票一分不少交到祥婶手里，祥婶过早布满皱纹的脸就笑成了一朵菊花，她允诺傻哥要把这些钱给他存好，等他长大好给他娶媳妇。

等到八月底的时候，池塘里的野菱结了果，我们就取出家里洗澡的大木桶，放进池塘里，然后稳稳地坐在木桶里，划到池塘的中央去，采菱。池塘里有青翠欲滴的绿菱，也有紫红艳丽的大风菱，菱角一直到中秋节那会儿才凋落。菱角落，池塘的生机日渐委顿，孩童还是会频相顾，看看会不会像书本上写的那样，有一只小蚂蚁把一片飘落的梧桐叶当船，渡过池塘。

池塘，是水乡孩子最流连忘返的游乐场。在文人墨客那也毫不逊色名川大山，是诗意栖居的地方，谢灵运《登池上楼》有诗："池塘生春草，园柳变鸣禽。"写的是池塘初盛的景，美好让人向往。

只是近些年，年轻的人们纷纷走出村庄，留了那精彩的都市里，再也不回来。从前对人们来说，重要的像血管一样静静流淌的河流，日益被泥土填满变成了通向城市的路，而像人们眼睛一样明亮的池塘，也干涸消逝了，越来越多的人留在了都市，遗忘了那一方小小的池塘。

那一年的中秋节

那一年，我十四岁，正是不知愁滋味的少年时候，成日里只是挖空心思去玩。中秋节学校照例放了一天假，吃了中午饭，我便骑了车去同学娟子家。我和娟子撑了小船去看残荷，尔后又窝在娟子的小床上一人捧起一本小说，只看得天昏地暗，不知今夕是何年。娟子的妈妈从百货商店下班回来，把我们从房间里唤出来，外面天已擦黑，人家的灯都亮了起来，三三两两的爆竹声，兴冲冲地。

我骑上车就要走，待我一直慈爱有加的娟子妈妈第一次没有留我在她家吃饭，只是嘱咐我路上小心。傍路而住的人家都摆出了桌子，一眼瞥去，莲藕枝节相连飞扬跋扈横占了半个桌，桌上还有各色新鲜水果。小孩围桌嬉戏，大人在不远处准备烟花礼炮，是准备敬月亮了。其时，月亮还没露脸，但气氛分明如唱戏，大幕已经拉起来，锣鼓胡琴都准备停当了。路空旷旷的，几乎没有行人，我心里有些急，仿佛行走在海面上的小船，无着无落，路旁很近的金碧辉煌的灯火都是我够不着的，我把车骑得飞快。

终于到家了，一颗心如船靠了码头般踏实。爸爸也把桌子摆在天井里了，跟别人家一样大碟小盘里都装上了时新的水果，菱角、石榴、葡萄、香瓜、橘子……琳琅满目。小弟兴奋得不知所以，只好和大黄（我家养的狗）在院子里追逐嬉闹！妈妈正在厨房里烙饼，一张张米饼在篮子里堆得老高，冒着腾腾的热气，米饼是月亮的圆形，一面莹白如雪，一面金黄似月。我叫了一声："妈妈！"她没有像往常一样数落我回来得太迟，只是面含着微笑取笑我："我以为你不要这个家了呢！"妈妈从灶下站起来到锅里铲了一只米饼，塞我手里。

爸爸从外面走过来也笑着说："我家大小姐回来了，那就开始敬月亮吧？"妈妈走出去看一回，说："再等等，月亮还没爬上来，现在敬了她吃不到。"妈妈这么一说，我突然就觉得月亮好似我家里的人一般可亲可爱！

妈妈的饼快烙完的时候，月亮悄悄地爬到树梢上，邻人家的爆竹声早已寂静，爸爸开始放爆竹敬月亮，噼里啪啦的爆竹声响彻在空中，似乎声声唤着月亮来吃我家桌上贡敬的美好食物。

月亮应该听到了吧，她升得又高了一些，恰恰在我家天井上空，围桌而坐的我们看着月亮圆圆的脸庞似乎笑意盈盈，明朗朗的清辉洒落在院子里，心里如平风下的湖水般温柔安宁。

不知道为什么一直没有忘记那一年的中秋节。成年后，越发体会到中秋不似春节那般吵吵嚷嚷、莽莽撞撞，愣青小子似的，中秋节真如寻常人家人到中年的母亲，热闹中又有一种安稳静气，让人觉得人生妥帖，岁月静好。

卖稻记

刚上打谷场的稻子像初生的孩，水浸娇嫩的。秋风拂，秋阳抚，几日的光景，一颗颗便结实的小石子般，有经验的农人，捡起一颗，放牙齿上，上下牙齿刀似切下去，嚼一口，稻粒干爽爽的没有一点浆汁。这稻子吃饱喝足阳光能去卖了。

一个晴天好日，公鸡刚刚啼过，父母亲就都起床了，要卖稻去。门前的码头上停了一只水泥船，母亲上船用竹篙稳住船，父亲则把装满稻子的一只只蛇皮袋，扛娃娃似的小心翼翼地扛上水泥船，等父母亲一切准备就绪，我和小弟也被叫醒，睡眼惺忪的我们爬上船，窝在船舱里，想把意犹未尽的觉继续睡下去。父亲拔起了长篙，用篙把船推离了岸边，船悠悠的晃动着向前，我们突然就不困了，看着父亲的长篙划开碧澄澄的河水，河水傍着竹篙哗啦啦地跳出河面，而竹篙身子一斜伶俐地抖落水，水似乎不甘心，又粘着竹篙再次跃出河面，水像顽皮的孩子，河却像沉静的大人，河里有鱼虾悠游，有水草招摇，有舟行河面上，在我们眼里，这一切既奇特又美妙！

不知道走了多少里水路，只见太阳渐渐地升起来，照耀得我们周身暖洋洋，远远的听见人声鼎沸，粮站的轮廓清晰在眼前，它热闹得像乡戏里锣鼓喧嚣的舞台。父母亲开始嘱咐我们："等上岸后，小孩子要知道替大人的手脚，帮着看守稻袋子，爸爸扛来一袋子，你们就在一旁记下数目，妈妈守船……"

上了岸，以家庭为单位，一家占了一小块地，这地用来放稻袋子。家家都有人看稻子，小孩居多，也有老人。我和小弟谨慎地看守着父亲辛苦扛来的稻袋子，我还悄悄记着袋子的颜色和袋子扎口绳的粗细。最近处的人家也是小孩在看守稻口袋，我们并没有惺惺相惜之感，互相虎视眈眈地瞪了一眼，莫名敌意，那一眼也许是，别想占我家便宜。孩童时候一片天真，喜怒哀乐尽显山露水着。只有成年后，不管内里如何风起云涌，外面却是一派云淡风轻。

等父亲扛完袋子，母亲也从船上下来与我们汇合。父亲继续奔走，请粮站的质检员来验稻子，质检员是个良心活，其时，家里有个在粮站工作的人员，那是很荣耀的事儿。有些质检员是良善之辈，不为难农人一次过关，稻子晌午就能卖完。要是碰到黑心的质检员，专拣老实的农户欺负，让农户们把稻子全部从口袋里倒出来，再慢慢翻晒。我老实的父亲也遇见过这样的质检员，父亲又认死理，绝不去说好话，递包烟，只管吭哧吭哧摊开稻来继续晒。记得有一次，大清早出门，一直到月亮出来，我家的稻才卖完。这一天除了早晨喝了点稀粥，一家人什么都没吃。

回程时，没吃饭的父亲却把笨重的水泥船撑得飞快，母亲微笑着咕哝道："稻子迟一点卖出没有关系，卖出去的价格还好！孩子们开春的学费有着落了，买小猪仔的钱也有了，还可以存一点起来……"这些话落在了父亲的心上，绷着的他放松了，竹篙缓了下来，徐徐划过河水，潺潺声响，月亮又升得高了些，清亮的光，银子般泄下来，河面上波光粼粼似无数银鳞跳跃。我们恍惚如入仙境，只觉得像进入了童话。

许多年过去了，童年时候去卖稻的往事依然在我心里清晰如昨，如今的孩子再也不会品尝到那样的滋味，我只能说，所有经历过的事儿都是人生，都有可回味的滋味。

光裕巷 6 号

有友从都市来，一场热闹的相见欢后，小城里的这帮人"起义"，不如趁着此刻时闲、意兴去"沉浮岛"一游。位于小城西首的"沉浮岛"是小城在外略有声名的景观。

驱车一路向西，地形像一只宝葫芦，我们从逼仄的口进入，越往前越开阔，一直到路的尽头才下了车。眼前近处九条河从东西南北各个方向奔流来簇拥着一座小岛，这便是"沉浮岛"。富有想象力的人们美称大自然的这一杰作为"九龙戏珠"。远处是成片成片的芦苇一直绵延到天边去。

我们一行人坐了船，登上小岛把亭台楼榭观赏了个遍，再凭栏眺望了远处密密织织的芦苇后，就觉得有些意兴阑珊。

有人提议，去附近的村庄里看看。村庄像冬日屋前暖阳下打盹的猫，微合着眼，对偶尔走进的三两游人并不设防，自顾自沉浸在梦乡里。

村庄上的人家，偶尔一家用"铁将军"把门，那种旧式的老锁，一眼就让人忆起童年时的院门。其余人家门户一律洞开着，三五个上了年纪的妇人聚在门前檐口下一边说话，一边纳着鞋底，她们不紧不慢地拉着线，形成优美的弧，脸上挂着满足慈祥的笑容，哪一位都能入我们的镜头，作最慈爱的祖母。

在狭小幽深的小巷间穿行，路过一只凶神恶煞的狗，遇见一只惊慌失措的猫，一只"咯咯咯"炫耀自己的母鸡，几朵硕大红艳的山芋花。眼前的这幢屋，黏住了我们的目光，停滞了我们的脚步，能看得出它很有些年代了，青色的砖，青色的瓦。青是天青色，是天空的颜色，那种深邃和幽远的青能让你的心在刹那间变得宁静。瓦大约有一个人手掌那么大，有曲曲的弧度恰如美女的睫毛弯弯状，小巧玲珑的瓦们重叠着排在屋顶上，像波浪在湖面上。石砌的门楣高高的，需要仰头望。门楣上，镂刻出几个字，光裕巷6号。

我嘴里念叨着，光裕巷6号，这名字隐隐地透着贵族气。一位老人走过来，看着我们围着老屋转悠，老人发问："你们看这老屋呀？"我们答："是的，我们看看！"老人自来熟地给我们介绍："这老屋有二百多年的历史了！"我们一听惊讶地叫出声来："二百多年了呀！"

老屋的门联是新鲜的红纸上落黑字"爆竹一声除旧岁，桃符万户换新春"，小窗的窗台上塞着几个饱满结实的蒜头。门前是一大块整齐的菜地，大葱、菠菜、小白菜正生机勃勃郁郁葱葱着。一切都是这屋最初建起来的模样吧，而这屋最初的主人又在哪里？

这幢老屋真像个时光宝盒，无涯的时光里人们在这里生了，老了，来了，去了，而它缄默不语淡然看人间风月流转，物是人非。

遇见了这老屋，我们突然参禅了似的心静下来，在这人世，我们长长的一生不过是短短的一瞬，浮生若寄。我们能做的，不过是教会自己的心，于无风景处看风景，在刹那间尽享欢喜自在。

老了的街

东边新街一修成，人们就称西边的街为老街。这有些像世事人情，有了孩子的人被称呼一声老王，仿佛不是时光把人催老，单是因为孩子的出生，人们突然就老去了。老街也是这样先老在人们的嘴里，然后在时光里门庭冷落，不复当初的生机勃勃，热闹喧嚣。老街，老了的街，它热焰腾腾的往事只在人们的记忆里流淌。

彼时，老街红火得像六月的太阳。从北往南，一路看过来：包子店、水饺店、水果店、剃头店、服装店……逢年过节街上密匝匝的人，商店里也是涌动的人。小孩子像泥鳅，在人缝里挤挤挨挨。

老爷爷打纸牌赢了钱，就带小孩子去水饺店。店里常常人满为患，想吃水饺，往往要等，得眼尖腿快。看人家吃好了，急忙落下自己的臀。老板干净利落地端上一只大海碗，白瓷蓝花的碗里，二十个饺子，满满一碗汤，汤上漂了碧青青的芫荽，猪油混着芫荽的香狠狠扑上来，小孩子的碗很快见底，他们心满意足地摸着溜圆的肚皮。童年时，幸福不过是一大海碗的水饺。

剃头店的门口终年挂着长长的白色塑料飘带。微风袭过，似身材纤细的姑娘在随风舞蹈。朝里面瞥过去，墙上贴着时髦的美女画，店主大爷身后，排了蛇形的长长一队人。大爷家有七个女孩儿，模样一点不比画上的差。人们都说是七仙女下凡投胎他们家的。有媳妇和汉子赶了十多里路来剪头，看个稀奇。还没娶上亲的大小伙，心里就有一点的念想了。朴实的乡下爱情，不需过多附赘，期冀着能对上眼，那爱情便能发芽开花。

书店里有连环画出租，五分钱看一本。放学了，小学生书包一扔就来看书，一人一本，看过自己的再互相换着看一遍，省下五分钱，可以一人买一支赤豆棒冰。租书的老婆婆总被他们的精明逗笑起来。

当然还有叮叮当当的锡器店、钟表店、澡堂……

老街，麻雀虽小，五脏俱全。后来，最先关门的是剃头店吧！七仙女们把店开到大城里了，一个人一个店，开了七家连锁店。她们的爹——传给她们精绝手艺的爹在她们身边安享晚年。

小孩子们马驹般撒欢的腿，被新街上形形色色的小吃店招引去，书店也关掉了，小镇上的人家也迈着都市的步伐，家里装了电脑，上了网，老人们稀奇地说，听说网上什么都有……

老街上，一扇一扇关起的门，像秋风里飘落的一片又一片叶，那些郁郁葱葱，枝繁叶茂的往事，只在回忆里了。一条街也若人的一生，走过青春葱茏，繁花似锦，只剩下清淡淡和静绵绵的老！

消失在时光里的渡口

一日，我的学生来问"春潮带雨晚来急，野渡无人舟自横"中"野渡"是什么意思？我蓦然一惊，饶是我们生活在河流星罗棋布的水乡，孩子们竟然不知道"野渡"这两个字所具有的日常作用，更不能联想到这两个字带来的诗意和美丽。

野渡，通俗简单点讲就是河渡口。想起我的童年，与渡口密不可分。逢节假日妈妈会打发我们去外婆家小住。外婆家在一个四面临水的小村庄，离我家有十五里远的路，那里不通车也没有船去。我有一辆"凤凰牌"弯杠的湖水蓝色的自行车，我就骑着它去外婆家。

临出发前，妈妈一定嘱咐又嘱咐，一路上不能只顾着看风景贪玩耍，天黑之前一定要过渡口，过了渡口就人烟稠密了。那渡口，母亲取名"三里半"，顾名思义，过了渡口，离外婆家还有三里半的路，那是近了。

我记着妈妈的话，一上路就狠狠地骑车，渡口是目标。远远的，河流特有的清凉气息扑面而来，我下了车靠在自行车上，长长地舒了一口气，继而扯起嗓子呼喊："过河啦，过河啦！"一只小小的木船从远处飘了出来，开始，木船像一片小小的叶子漂在水面上，等越来越近，终于看清一位老人摇着撸过来了。也有时候，恰巧赶上前人刚刚上船，就十万火急的后面追喊："等我，等等我！"船上的人就都乐哈哈地开着玩笑："船票钱全是你来买了！"

上了船后，从口袋里掏出五角的毛票放在老人船头的小盒子里。老人会主动招惹我这个小孩子说话："你外公是个老酒鬼，他前阵子还和我一起喝酒的呢！"我也伶牙俐齿地反驳他："我外公才不是酒鬼呐！"他一看到我小辣椒样呛人的模样，就哈哈地笑了，笑声像河里的涟漪一圈一圈在空中荡漾。那时，年幼的我还不知道老人他每次都那么喜欢逗我，是因为守渡是寂寞的活儿呀！

我渐渐长大，性格也渐趋内向，腼腆起来不肯与老人说笑逗笑。过渡口，只是一心看景，水乡的河，满河碧翠，近处是浮萍和菱角，远处是高出水面的荷，正亭亭玉立。老人知道我的心思似的，把小船慢慢地摇，悠悠荡荡地漂在水面像婴儿在摇篮里，只要不是严冷的冬，我一定把手伸进河里去，河水绸缎般滑过我手，赶路的累都消失殆尽。

后来，老人去世了，这条河就没有了摆渡人。河上砌了一座石桥，每每经过石桥的时候，我都会想起从前的渡口，心上生起依依的怀念之情。我知道，这渡口和我的童年一样都消失在时光里，再也无处寻！

母亲的菜园

冬像铁石心肠的武士，毫不留情挥舞着冷剑霜刀劈斩来，花花朵朵们都凋落成泥，即便最不怕寒的菊也顶着一张失血的脸，瑟缩着。柳虽拼命擎着最后一丝绿，绿也老得不能看。植物们都被冬降服了吧？眼在瞧向人家菜园时，陡然一亮，绿汪汪的一片，菜的绿，这么新鲜活泼生机勃勃着。

怎能忘记这冬日的菜园？幼时家贫，到冬天，梨桃山芋大豆什么都没有了，但有一个菜园，就不妨事。母亲从春天的时候，就精心侍弄这块菜地，十方左右，预料着冬日暖阳能漫染它，用芦苇秆做成栅栏，成了园子。鸡鸭鹅都不能入侵，菜们可以安居。

冬日，北风呼，寒冷袭，袋中涩都不怕，街市便在菜园里。

吃什么？去菜园里拎两棵青菜。自制豆瓣酱烧青菜配上红刺刺的辣椒，能呼啦呼啦吃下两大碗米饭。第二日又吃什么？再去菜园里拎几棵小青菜，菜帮子切成细丝用猪油爆炒，菜叶放清水里煮汤，倒也是有汤有菜。等我们闹馋得不行，母亲把熬了猪油的油渣倒锅里去再搁上青菜，那喷香的味道真是诱人。小青菜多么好，母亲爱种，它们在母亲的菜园里盘踞了有七个方那么大的地。母亲称它们"娃娃菜"。它们真像娇俏的女娃，洁白如玉的茎，婷婷玉立，如碧青翠的叶，生动饱满。它们还好脾性，独自是美味，跟别菜更是合得来。逢亲戚友人来，母亲待客热情，定要买肉。买来猪肉拌娃娃菜红烧或者称上一些牛肉和娃娃菜酱煮，扔进几个尖头小红椒，油光水滑、麻辣鲜香的一顿，客人们往往也大赞。

母亲的菜园里还有菠菜，菠菜通体碧绿，植在地下的根是红色的，经火炒、煮都不变色。根里透着甜，叶爽滑可口。母亲的素炒菠菜，鸡蛋炒菠菜都是我爱吃的菜。母亲去菜园里挖菠菜的时候，一定不再采青菜。母亲说吃了菠菜的嘴再吃青菜会很苦，谁硬是期盼左盘菠菜，右碟小青菜，那他只能品尝出一嘴的苦涩来！菜们原这样通透，告诉人们取舍无处不在。

还有一角，是葱、蒜、芫荽，这一簇那一簇，挤挤挨挨的满了角落，它们绿也是尽力地绿着，你以为它们再怎么努力，也只是菜园子这方舞台上的配角。填补一下园角的寂寞，偶尔夹汤夹水里丰富一下人们的味蕾？它们的人生就这样一锤定音了吧？忽一日，父亲的酒友来，母亲大把大把拔了它们来，洗净，噼里啪啦在砧板上切成段，装盘加白糖，捧出来一盘糖拌芫荽，再拍上一盘蒜泥，父亲他们喝酒时必撤了其他，只爱吃这些了。

菜园的故事写不完，母亲不识字，但她只管用一双手辛勤种植了一方小小的菜园，小小的菜园让窘困寒冷的日子变得活色生香。而我们谁又不能像母亲那样靠着勤劳，给自己种植一块"菜园"，用来抵挡人生中的"冬天"！

冬天的河流

到冬，季节仿佛一个人，渐渐衰老了，万物萧瑟、了无生趣的样子。有旺盛生命力和好奇心的小孩子，却能在一片荒芜里寻到宝藏，那是横亘在屋前一条带子样的小河。

天越冷越好，滴水成冰，土块子冻得像石头一样，张一张嘴巴，能看见呼出来的气息变成白色的水汽在空气中氤氲。"笃笃笃"，一声又一声重重的敲击声传入耳中，是早起的母亲使铁锹破冰取水煮早饭。此时，赖在床上懒起的我们呼啦从温暖被窝里钻出来套上棉袄，去看小河。

我们呼朋引伴来到小河边，冰结起来了，有两块砖头那么厚，兴奋地走到码头上，捞起几块干净透明得如玻璃样的冰块，放在嘴里咯吱咯吱地嚼起来，互相问着："甜不甜？"冰应该是不甜的，但是当年的我们为什么觉得有甘甜的滋味？还用冰来搓手，不一会儿，手就暖和起来，再左右看看，大人们的确都在屋里忙活着，我们便像蚂蚁排队那样小心地下到河里去。几个人手拉着手在冰面上滑起来，抑制不住的笑声很快引来母亲们，她们中总有人火急火燎地从屋里跑出来，吼我们上岸。她急赤白脸地叫着："你们上来，上来，喊你妈了呀？"

我母亲自也是她们的"同盟军"。但有一种时候，母亲允许我们在她的目光监督下从冰上走到河对岸去。我家有一个远亲，我们唤三奶奶的住在河对面，老人没有子女，一个人孤苦伶仃住在破旧的老房子里。她头发都白了，从前裹过小脚，走起路来颤巍巍的，时常要拄拐棍。小河冰封的时候，母亲估摸着三奶奶打不到水来做饭，就用罐子装了饭和菜，让我们送过去。小河上倒是有一座桥，但在村子的最东边，要绕上一大圈的路，从冰上走过去省力省时。我和小弟抢着送这罐饭，一来可以光明正大溜冰过河，二来可以落下美名。到了三奶奶家，她总是一个劲夸我们好，还抱出一只土黄色的罐子，从里面掏出几个蜜枣塞我们手里……

光阴是迅猛追赶来的兽，三奶奶作古好些年了，我们也被它逼着一步一步丢开童年、离开家、离开小河到外面去……

冬天在大城市里想寻一条记忆中的小河却是不能，目野触及是宽阔的河流。即便冷到滴水成冰，河面上照旧一块冰也没有，在清晨阳光的照耀下波光粼粼，像有无数的金鳞在涌动，再远处是一条长龙般的蜿蜒船队正缓缓地向地平线尽头驶去，只给人无限希望在前方的感觉。

心上暗生情愫，人的一生也像河流，不停向前，也许年幼时更爱冰封小河的意趣，成年后当懂得人应如严冬的大河，宽阔辽远，酷寒风霜雨雪也锁不住它的浩浩汤汤。

年是一场盛大的相见欢

年是什么？有人说，年仿佛一首歌，可以让男女老少一起大合唱的歌；年似乎是一支舞，可以让青丝白发迈开步伐一起跳的舞。我眼中的年，是一场盛大的相见欢，是过往与现在的相遇，艰辛与喜乐的相逢……

年宴上，我第一次见到老公的表哥，他衣着光鲜，温文尔雅，带着成功人士特有的自信、低调、谦和范儿。老人们一部"家春秋"讲来，才知道表哥也曾坎坷过。他九岁那年，舅舅患病去世，舅妈带着他改嫁。继父的家，窘困之极，善良的继父没能供学业优秀的表哥去念大学，他靠着自己勤工俭学读完了医药中专，又独自一人赤手空拳去闯城市的一片天。现在的表哥房车皆备，还有了自己的医药公司。吃了多少苦的表哥，待人接物却一直是谦谦君子状，他的继父也在酒席上不住嘴地夸赞他："我家军子懂事孝顺，是好孩子，好样的，多少名牌大学生未必赶上我家军子出息……"这些朴素实在的话语听上心来，我们更相信"天道酬勤"不是传说，过往的辛苦果真会迎来现在的甘甜。

又跟随着老公去给他的一个远房老太爷拜年。老人家八十六岁，耳不聋、眼不花，腿脚灵活，口齿清晰。平日里，儿子媳妇去外地打工，小孙子的饮食起居由他一人负责。过年了，我们来，老人一人兴高采烈去厨房做菜，儿女们只是打打下手。菜端上来，红烧牛肉、炒猪肝、芹菜肉丝……满满一桌子，味道清爽可口。老人还拿出自制的酒，给我们一人倒上一杯，也是醇香甘甜。说到老人高寿，儿女们介绍，老人一早起来就锻炼身体，头部运动每天做三百下，而他们这些年轻人做了几十个就头晕眼花，再也不肯坚持下去，竟都没有老人的毅力。老人运动后就去菜场买菜，做一大家的饭菜，下午玩纸牌和散步。长寿不是奇迹，需要锻炼身体的毅力和一颗坦然乐活在尘世的心。

　　除了给亲友拜年，当然是去村庄上见母亲，陪伴在她身边。自父亲去世后，她真像失了水分的叶子，整日蔫蔫的。在年假这一小段时光里，好好陪着她，驱赶她的寂寞。我们夸她做的菜好吃，帮她刷刷碗筷，跟她说说那年那事，村庄上的旧人情，看着她的笑颜绽开，我们心里的亏欠也少了些。

　　过完一个年，怀揣着母亲的笑脸，怀揣努力奋斗梦想终成的信念，带着一颗乐活尘世的心，像一粒尘埃，更如一滴水，再次穿溪趟河，为抵达下一个"年"的欢乐海洋而准备着。在这人世，其实所有的离别，所有的吃辛历苦都是为了再一次的相见欢。

第二辑　透过迷雾，看见爱

青春的时候，对于妈妈尖刻的言语我总是难以忍受，会跟她针尖对麦芒样地吵架，然而年岁渐长的我，已经练就了一双慧眼，会透过生活的迷雾，看见爱。

向爱而生

年幼时，对于村庄上的成年女人，我最欣羡的是一个远房伯母。伯母穿在身上的衣服总是干净又平整，她还种花，整个村庄上的女人唯她种花。她家门前，有一片空旷的河滩，伯母在河滩上种了一大片的萱草花。每年五六月份，河滩上就开了一朵朵金黄色的花，像一个个小太阳在风中摇摆。我家门前的河滩上是一大片蔷薇，但不是我妈种的，是野生的，我妈嫌刺多，铲了野蔷薇，从此我家的河滩就光秃着。

伯母的院子里用砖头砌了一个小小的高台，高台上搁着数盆花，两盆万年青、一盆蝴蝶兰、一盆文竹、一盆凤尾竹，还有一盆栀子都长得蓬蓬勃勃、郁郁葱葱，花儿们像光照亮了伯母家的小院子，我羡慕得不行，回到家便要求我妈也种花，她气急败坏地吼我："没有那空子！"不过后来，我妈还是种上了两盆万年青，可是，我家的万年青叶子青中泛黄，灰头土脸地耷拉着，像营养不良的病人。

我妈不光种不好花草，她也养不好动物。那会儿老公还是男友，我们还在恋爱中，他饶有兴味地给我讲，他妈曾为他养过一只名叫大黄的狗，此狗机灵可爱，陪伴了他四年。我想起我妈也曾兴致勃勃地为我们养过数只猫、数只狗，可惜那些猫狗都是短短时间便早夭而亡，从没有哪只在我脑海中留下过深刻的印象。

嫁进婆家后，我亲历了婆婆对猫狗等动物的善良，我女儿七岁时去公路上闲逛，看见一只年幼的流浪狗，她和她爸不顾我的反对，把那只狗抱回了家。等对那狗的新鲜感褪去之后，女儿就不管不顾它，是婆婆替她照顾那只狗，它在婆婆的精心照顾下，日益毛光皮滑、膘肥体壮起来，成了女儿最好的玩伴。

婆婆揣测这条狗是因母狗才被人抛弃的，它来我们家一晃两年，下了四回崽，每一次它生崽之前，婆婆都要找来棉布旧衣给它铺在窝里，让它生产。下崽之后，婆婆又像照料女人坐月子那样，特地去街市上买鱼熬汤，给它喝。

它常常出门去玩耍，但一到傍晚时分，它铁定会回到家中。有一次，它出门之后，一连两天也没有回来，女儿每天眼泪纷飞，但到得第三天，它竟然又回到家中，只见它浑身湿漉漉，毛发凌乱不堪，像从哪方水牢里逃了回来。

再有一次，我们进城去过年，把它放在乡村居住的我妈家，它趁着我妈一个不留神挣脱了拴它的绳索，风驰电掣地朝家的方向奔跑，弟弟弟媳在追赶它的时候，它夺路就逃，见河就跳，转眼就消失得无影踪。不过，它最后奇迹般回到我们的老家。不知道是怎样的一种力量让这只狗，一直往家奔跑去。我想一定是婆婆，还有家里其他人对它的爱。

从婆家一位相邻主妇的身上，我却能看我妈的影子。在我家收养流浪狗的时候，她家也收养了一只狗，取名为"笨笨"，"笨笨"不久就丢失了。邻家主妇接着又养起了一只叫"小黑"的狗，后来还有"球球""皮皮"。无一例外，这四只狗死的死，丢失的丢失。邻家主妇跟我婆婆比起来，确实是个少言少语，对万事无所谓，不上心，对猫狗也没那么尽心去爱的人。

　　年幼时村庄上的伯母、我妈、婆婆、邻家主妇，她们种花草，养动物，带来的却是截然不同的结果，事实上，动植物亦都有一颗灵慧的心啊，它们与人一样总是向爱而生。

财富的密码

九岁那年的冬天，他妈去了，斑驳的朱红色门板上躺着他再无声息的妈。他姥姥搂着他俯在他妈跟前号啕："你可没妈叫了！落个狠毒后妈，可把我这伢怎么办啊？他爸眼里蓄满泪，向他姥姥表态："妈，你放心！我的娃不遭那后妈的罪！"

他爸没有什么要紧的技艺，以前随人在城里建筑工地上拌石子抬砖头过活。现在为照应他，不得不待在家里。他爸担了几百斤稻子卖了，换回一辆簇新的三轮车。这是父子俩生活的希望了。

一清早，他去上学。爸蹬了三轮到镇上唯一的车站处等客，已有一溜儿的三轮在排候着，满载客的中巴车似一头笨重的大白鲨从远方慢慢游过来。到了站头，乘客们迫不及待的从"白鲨"嘴里跳出来。车夫们"哗"的一声，全站起来，团团围上去，伸头伸颈地吆喝坐车，像一群焦急乞食的鹅。他爸是那只最呆的鹅，总是站在那圈人的最外面，如何能吃到一口的食？倒也有乘客慧眼相中他爸老实，拨开那拥挤的人群直接跳到他爸车上。

晚上，一盏白炽灯泡下，他写作业，爸就在灯下数白天挣得的块票，一块、两块，二十块。爸摇摇头，孩子越长越大，花销也越来越大。这怎么能够呢？爸越发起得早了，天还黑漆漆的，爸就在厨房里叮叮当当地忙着，煮了一锅饭，烧了一锅菜。窗外渐渐现出了鱼肚白，爸叫醒睡梦中的他，让他起床吃饭上学，又嘱咐说，一天的饭菜都做好了，放在锅里。放学回来后，自己热了吃，不用等爸，爸带了饭在车上，中午不回家来吃。

　　中午时分，街上的车夫们都回家吃饭去了。间或有人叫车，这笔生意自然落在爸的头上，没人叫车的空当里，爸就把早上带出来的饭，赶紧扒拉上两口。

　　爸的另一个法子是守晚，越是晚，叫车人的价钱越是出得高！曾有一个客人让送到十五里地远的村落，给了二十元。爸高兴得像一亩地收了五千斤的麦子。

　　爸遇上的也不全是好事。有一次，乘客是年轻的母亲和幼小的孩，客人要送的地是偏远乡间，风高月黑，路又不好走，在拐弯的地方车子被横亘在路上的一块砖角硌翻，乘客母女俩都跌到田垄里去了，爸的衣被车铁皮剐破，膝被磕破，疼得不能忍，却奋不顾身先爬起来，察看了乘客，好在是稀松绵软的泥土上，她们毫发无伤。车钱自然是没有的，还遭着乘客劈头盖脸的一顿骂。

　　更是别提雨天做生意的艰辛！爸的千辛万苦，他都是知道的。十七岁的他怎样才能帮到爸？班级里，有几个男生喜欢买福利彩票，他们家庭富裕有大笔的零花钱，隔三岔五他们就去买福利彩票。他们中有的人说："假如我中五百万，买了这所学校，做校长，成天放假。"还有的说："假如我中了五百万，就把全班同学请去最豪华的饭店饱餐一顿……"他跟他们不同，他在心里思忖着，他要是中五百万，爸就不要风里雨里蹬三轮，可以在他下自修的时候陪他吃一碗猪油大蒜面了。所以他也买，挤出两元，偶尔去买，只买自创的这组号码——8201314。

班上的男生们去销售福利彩票的点，老板正噼里啪啦放爆竹，震天吼的爆竹声中，人们纷纷议论，中五百万的是个孩子呢！老板说他每回只买一组一样的号，8201314。

记者去寻他和他的爸，他们早设计好了采访的题，问这个十七岁的孩子，这个号码是如何想到的？校园里，小镇上都无处寻觅他们父子俩的踪影。他俩是打算换个地方，好好生活了吧！

其实不用问，所有人心里无不明镜似的。开启了这笔庞大财富的神奇密码，只能是爱！8201314 这几个数字里暗含着他为人子女的曲折心事：爸，爱你一生一世。

装着"农贸市场"的车

　　这是一辆小镇开往城市的中巴车，她和他手挽手，坐在靠车门的位置上。和大多数年轻人一样，她喜欢城市，愿意在城市里安家立业，而她的父母则固守农村，离不开生活了一辈子的小村镇。年龄相当的男孩子是她的男友，她带他回来见她的父母，他们对他很满意。此刻，他和她携手而行，坐在了回城的巴士上，她先前忧心父母会反对她恋情，但一趟小镇之行，让她的那些忐忑、忧惧全部烟消云散了。

　　她轻松地哼着小曲，好心情地看看每一个从车门口上来的人，她仔细地打量他们的模样，还很细致地观察了他们手中的拿、握、拎、提的物品。一位中年妇人，面貌黝黑，穿着簇簇新的裙子，拎着一个大南瓜上来了。经过窄窄车门口的时候，妇人一把抱起大南瓜在胸前，像抱着一个小娃娃。她诧异地看着，心里暗自思忖妇人的行为："一个南瓜宝贝得什么似的，真没见过！"

　　一位老大爷，嘴里喊着："我要乘车呢！"大爷背着一个大蛇皮袋，蛇皮袋很吃重，那负重使大爷的上半身几乎与地面形成两条平行的直线，整个人像个"司机"的"司"字。售票员赶紧从车上站起来，跳下车帮大爷抬蛇皮口袋，两人一起使了劲，喊了声号子，一鼓作气把蛇皮口袋从地上捧到了车上，她打量那蛇皮口袋，似乎是一大口袋子的米。

一位老奶奶，顶着一张风干核桃般的脸，估摸着要到古稀之年了吧？老人怀里搂着一大包的炒米糖，那蓬松的炒米糖袋大得遮住了她的脸，她看不到前方只能小心地挪着脚步前进。她手腕上还挂着一个透明的白色塑料小袋，袋子里是十来个肉圆。

别提那些比她和他先上车的，有的乘客脚边有几只困困的鸡，用布条紧缚着鸡爪子，鸡们有的伸头有的缩颈，用无辜的眼，望着车上的人，似乎对这和鸡圈不同的陌生的环境很不懂的样子。鸡的旁边又是一壶豆油，散发着乡野里的大豆气味；还有的乘客身边是一只小塑料桶，桶里装了浅浅的清水，水里养着野生的黑鱼或者草鱼

……

她扑哧笑出来，男友问她笑什么？她把自己的想象告诉男友，她觉得："这哪儿是巴士车啊？这车厢分明就是农产品市场。这车似乎也不是开往经济发达的城市，而是开往少吃少喝的灾区难地去的。"她又自言自语地咕哝一句："城里超市里，可不是什么都有？至于这样的费劲劳神吗？"

那位带着南瓜的妇女与抱炒米糖的老奶奶攀谈起来，一个说："我这南瓜是给在县城教书的闺女做南瓜饼吃的。我种南瓜，从不打药水和生长素。闺女最喜欢吃我做的南瓜饼，说是又香又甜！"老奶奶说："我这炒米糖是家里做的，我跑了十几里路，找了炸炒米的，放了芝麻，放了糖。超市里的哪能比得上？我媳妇、孙女爱吃的……"

她听不到她们的谈话，她倚着他的肩睡着了，但她会懂的，直到她成为母亲的那一天。她会了解这车上的一菜一蔬，一饮一啄里都是天下做父母的、做亲人的心啊！

我们是手足

今生和你有这场姐弟的缘分是老天的慈悲为怀，差点儿，我们就要擦肩而过了。

你生下来五个月的时候，肺子上生脓，小城的医生束手无策，拿不出诊治方法，父母亲只得带着你去了城市里的大医院。在那所医院里，你们仨一住就是一个月，跟你同住一室的六个婴儿，唯有你活了下来。

有了你，草样生长的我就不再是旷野里那棵孤零零的草，小我四岁的你像个小尾巴爱跟在我后面，春天野草疯长，我去田垄里上拔草，你就很有眼见地帮我拎篮子；夏天，我们一起去桥头沟渠旁捡田螺捉螃蟹，你胆比我大，敢从洞里掏出螃蟹来；秋天，我们一起去空旷的田野里烤山芋吃，挖坑烧火的活总是你干；冬天，我们一起滚雪球堆雪人，你滚的雪球总是比我的大……童年的日子，有了你的陪伴，分外的生动。

让生活困顿的父母感到开心的是，我们姐弟俩的学习成绩在村里一帮孩子中最是优秀。父母亲常对我俩说："你们姐弟俩各凭本事念书，谁能念就供谁念，砸锅卖铁也供他（她）念！"我考上师范后，学费和生活费所需不菲，父母虽是为难，却不食言，他们想尽法子筹款，去亲戚家借、卖粮食。聪明又懂事的你，想必把家里的窘困都看在眼里了，自此，刚上初一的你对学习就有些不上心了，你心里明白如果你接着读下去，父母头上的发会愁得更白！

初中毕业后，虽然有通知书来，你却坚决不肯再去读书，犟着要去苏州打工。父母亲当然不同意，你铁下心肠选择了不告而别。你当然不是那种不知好歹的狠心孩子，等你在苏州一安顿下来，就给家里打来了电话。电话里你喜气洋洋地说，你在苏州一家烧饼店找了份工，店主人待你好，当自己儿子看，吃喝都好，你还学到了做烧饼的手艺。你在苏州那家烧饼店一待就是六年。每年过年回家，你兴冲冲地把自己挣来的钱交到母亲手里，看着你瘦弱的模样，我们问你："在苏州过得怎么样？"你开口直说好，吃得好，住得好！

直到有一天，同学来看我，她对我说："在苏州看到你小弟了，他老板一家人早吃过了，他活忙完，一个人在旁边孤零零地吃饭……"我听到后眼泪立刻下来了，忍了又忍才没告诉父母你在外的状况！

后来，在我们的要求下，你不再去南方打工，去离家不远的县城学了玻璃手艺，你心灵手巧，很快就能做出栩栩如生的玻璃工艺品，人家需要一年才能干好的活，你三个月就可以做得很漂亮。此时的你，还收获了一份可心可意的爱情，我们一家人都很开心。

你去岳父家拜年的时候，小舅子奚落你了，他看不上只是个手艺人的你，你给我打了一个电话，一个欲言又止的电话。当我再问起的时候，你兴高采烈地给我讲生活中的开心事！

其实，亲爱的小弟，生活有晴朗也有阴雨，当你快乐时，姐姐是可以陪你一起手舞足蹈，开怀大笑的人。当阴雨来袭，在滑如泥鳅的人生道路上你要打滑摔倒时，请用手支撑抵挡，让自己摔得不那么难堪难受。你是足，姐姐就是手。这一辈子，我们都是可以相依相靠的手足！

同在

一年一度专属于女人的节日——三八妇女节，转眼又到眼前。每逢节日，我的心湖上泛起涟漪阵阵，脑海里的思绪如万千潮涌，思索起平常日子和节日的意义。

想起素日平常里给予我无数关心、呵护、温暖、爱的女人们，我自然起了郑重之意，理所当然地觉得在这样的节日，我对她们应当有所表示。送她们礼物吗？收礼物这事，有人欢喜有人愁。送什么样的礼物又恰好能送在她们的心坎上？让她们全盘接受，欢天喜地呢？太多的经验告诉我，我送出的礼物只是因为我觉得好，觉得美，其实她们并不一定心有戚戚焉。

我给妈妈送过一件贵重的呢子大衣，我特地隐瞒了大衣本来的价格。我告诉她："妈，这件衣服是我打折买的，可便宜呢！"可是我妈是裁缝出身，岁月尽管让她变老了，也让她变得更智慧了，她说："丫头瞒不了我，你又乱花钱了！"那件呢子大衣，妈妈一直不舍得穿，那大衣上好的年华都奉献给了衣柜。直到款式不时兴了，妈妈才穿起来。每逢，我看见妈妈身上那件过时的大衣，就觉得我这礼物是白送了。我还给婆婆送过一套昂贵的化妆品，化妆品的盒子一直到年底都没有拆封，她坚持用自己的"大宝"。到第二年，这套化妆品被婆婆转移阵地，放在了我的梳妆台上，可是我往常用的是时尚一些的化妆品啊！

今年的妇女节，我决定什么也不送，回家去看看她们，只在心里深深地许下一个祝愿，那便是，在往后时光里，当她们需要我的时候，我会与她们同在。

我在心里立下誓言，回家看妈妈的时候，我不会做时时刻刻看手机的"低头族"。妈妈在厨房为我们煎炸烹煮，做餐饭时，我要与她同在。我给她做帮手，帮她择菜、切菜，给她端盘子，认认真真地吃妈妈的菜，夸她做菜的手艺堪比酒店大厨。她一定又去抢着洗碗，那么我就在一旁拖地，陪着她说说家里的旧事人情和我们越来越红火的生活。

婆婆生病需要去医院挂点滴的时候，我不会用上班的借口早早溜走，把她扔给公公。我会静静地坐在她身边，陪着她。如果她想说说话，我就听她谈谈她和公公年轻时候吃的苦，又怎样慢慢慢慢地过上好日子或者说说她儿子——我老公小时候可爱调皮的模样。我会帮她举着点滴瓶陪她去厕所，当别人问她："是你女儿吧？"我会抢先回答："是媳妇。"然后看着她微微笑着的脸。

相交多年的好友打来电话时，我不会再说："等一下，让我把这篇稿的结尾敲完。"我会立刻放下手中的键盘鼠标，专心地听她讲话，问问她："声音为什么沮丧疲惫？"我会很"铁杆"地说："那个男人欺负你了？要不要我去帮你揍他？"如果那个男人生外心的消息再传过来，我会飞奔而去，与她相拥，不是像以前那样用一句不负责的"天下男人都一样，女人要么离婚，要么忍受！"来搪塞糊弄过去。我会静静倾听她的牢骚抱怨，只等她的情绪恢复成一面平静的湖面，自己拿主意。

在女人节，给那些一直呵护关爱我的女人们，我许下"同在"的心愿。我将人在心也在，全神贯注于我身边的至亲的人们，希望我这份三八节的心愿礼物能给她们更多平凡的日子，带来暖意和美好！

母亲不怕

以前，我怕黑。天一擦黑，我就像一只遇袭的蜗牛，早早瑟缩在自己的小窝里，大门不出二门不迈。遇上非要出门的事儿总得人陪，小弟、老公、父母，都被我抓过壮丁来壮胆。

那天晚上九点，老公还没回来。婆婆告诉我，宝宝一个小时内，已经泻肚两次了。我一听急了，火烧火燎地出门给她买药去。婆婆追在后面："带个电筒、带个手电筒呀，路上黑。"我哪里还等得及婆婆从哪个旮旯搜出手电筒来。我一迭声回："不怕，不怕，我不怕黑。"当我穿过没有人家的长长的黑巷子时，路旁草丛里突然风声鹤唳的一声响，"嗖"的一声蹿出一灰物跑远了。我竟没有抱头鼠窜，镇定地告诉自己不就是一只流浪猫嘛！又大踏步朝小镇上唯一的药店赶去。

想起那个夏，三伏的夏，一丝风也没有。热呀，树叶要死不活地耷拉着，蝉声嘶力竭地叫着，小狗伸长了舌头，呼哧呼哧喘着气。母亲在灶头，呼啦啦翻炒着一锅糯米，她要把米炒熟，给我们做焦面吃。这是村里的老传统了，据村里上年纪的老人说，小孩子在伏天吃了焦面，下一年都不会生肚痛的毛病。炒米是个慢工细活，灶头翻炒得一个人，灶下添柴火又得一个人。父亲出外做工，母亲又舍不得支使我们，她一个人灶上爬到灶下，豆粒大的汗珠一个接一个摔下来。我们没心没肺地问："妈，你热不热？"母亲答："不热，我不怕热。"我们便信以为真，自顾自去乘凉。

冬里三九，天气滴水成冰。婆婆仍像往常一样凌晨四点就起来了，她要赶在她儿子起床前熬好粥。婆婆熬粥，精心营养搭配，花生、莲子、玉米、白果、桂圆粥交替着熬，她严格注意着熬粥的时间和火候，比小学生考试更尽心。她的儿子，我老公是一所中学的毕业班班主任，每天六点准时从家出发。婆婆说："这早饭一定得吃好！"老公是个孝顺儿子，多次劝说婆婆："妈你别起得这么早，天这么冷，我早饭到街上的早点铺吃，一样的。"婆婆说："不冷，不冷，我一点都不怕冷。""这街上的哪有家里的卫生、合你口？"其实婆婆的脸上早有了冻疮的斑痕，手也冻肿得像个馒头。

还从报纸上知道一位妈妈，她为了儿子，连续暴走七个多月。在七个月时间里，她日行十千米，走破了四双鞋，以前的衣服也变得肥大宽松起来，她终于如期盼的那样瘦下来，体重从六十八千克减到了六十千克。当她再去医院检查，她的重度脂肪肝奇迹般地消失了。她可以给她的儿子捐肝了。手术前，医生详细地向她解释了手术并发症。当医生所说的任何一项手术并发症在我们听起来都觉得很可怕的时候，她却几乎都没等医生把话说完，就脱口而出三个字："我不怕。"

是的，做了母亲后，就不怕了。母亲为孩子，不怕霜寒酷暑，不怕流血疼痛，不怕丢心失肝……这世上有母亲不敢为儿女做的事吗？

父亲住在月亮上

清朗朗的月光水一般泻下来，天井里有树摇曳的影子。一抬头，月亮悄悄地攀上半空了，圆又亮，像新嫁娘的镜子。父亲若是健在，一定忙火火搬桌子，摆果碟，敬月亮！

父亲把方桌摆在天井中间，正对着月亮。桌上稀疏的几碟吃食，拇指大一点的野菱，刺猬样的两只"鸡头"，瘦瘠瘠的藕，还有石头一样硬的几块月饼。我们看看桌子就了无兴致起来。

隔壁的孩子跑来炫耀，说他们家装了十个碟子敬月亮呢！紫莹莹的葡萄、红彤彤的柿子，咧开嘴笑的火红石榴……他们父亲在一家机械厂上班，这些都是厂里送来的中秋节礼。我和小弟心里潮生羡慕、嫉妒，那些情绪像不安生的兔子，蹦跳着鼓捣我们。我们恨父亲没本事，有意赌气，不顾父亲说要一家人一起赏月的话，早早睡觉了。父亲是个泥腿子农民。除了土里刨食，他没有别的挣钱的技艺。

孩子的心遗忘得快，那些热烈的渴盼，就像悄然掠过湖面的水鸟，转眼无影踪了。父亲却把这些都记在心上。

下一年中秋前夕的那段日子，每晚，父亲割完自家的稻子，又急忙忙出去，直到半夜才回来，我们从睡梦中睁开惺忪的眼，父亲似乎刚刚回来，身上的确良白褂子汗湿得洗过一般。

一天夜里，父亲叫醒我们，他手里举着大袋子，是苹果，个个大得小孩脑袋似的。我们眯缝的眼立刻瞪得溜圆，还有橘子，他喜滋滋地告诉我们，那不叫橘子，是橙子，跟橘子长得像"双胞胎"，甜得很！他脸上喜悦流淌，兴奋地说："今年中秋节我们家也很丰盛！"

原来，一个远房亲戚，夫妻俩都是单位上的人，做不来重活，他们家的稻子熟得快趴下了。他们很自然想到老黄牛般肯卖力气的父亲。作为酬谢，他们送了些单位上发的水果给他。他甭提有多高兴了。白天忙家里，晚上就去帮他们忙！

为了中秋节我们家的桌上也是琳琅满目的阔绰。后来的日子，他就这样年复一年，不眠不休，颠倒黑夜地忙着，他满头青丝渐染上大片白霜，他的健康也在生活的风吹雨打下土墙般颓然坍塌。老天终于狠下心来把他带走到我们够不着的地方。

我想，父亲一定是住在月亮上了。他说过，不管多忙，全家人要坐在一起赏月。我和小弟学着他的样子，在方桌上摆满果碟敬月亮，月光水似柔柔，多像他慈眉善目的脸。今夜，我们和父亲共享一轮明月。

和你在一起

一直记得那个夏日的午后，我贪玩成性，明明看到天变了脸色，也不愿回家。我和伙伴躲在人家的屋檐下，看狂风乌云大作，雨点像豆子似的哗啦啦洒下来，紧跟着轰隆隆的雷声夹杂在忽闪闪的闪电中呼啸而来，雨倾江倒海似的倒下来，我们这才心惊胆战，奋不顾身冲进雨瀑里。

当我像落汤鸡一样站在你面前，你没有递过干毛巾，也没有拿来干衣服。你用沙哑的嗓子大声骂我，那些严厉苛刻的话语像外面的狂风骤雨劈头盖脸地扑向我，我只觉得疼和冷。我的眼泪下来了，我甚至怀疑自己不是你亲生的孩子，不然你怎么舍得那样骂我？

许多年后，我自己做了母亲，我知道你是爱我的。你的嗓子，是在无数次呼唤我，都没能听到我的回应后，喊哑、急哑的。脾气火爆的你，在经历了深深的恐惧后，怎么会和颜悦色？

可是彼时年幼又小心眼的我自此就跟你有了嫌隙。当我离开你去远方的城求学，那一刻我心里泛起丝丝欣喜。

父亲悄悄告诉我，我走后，你每次一抓到碗，就要哭出声来。你听说，我们吃饭是十个人一盒饭分了吃。想到性格柔弱的我，也许在如狼似虎的同学堆里吃不足，喝不饱。家本来清贫，会一点缝纫手艺的你，就去帮人锁纽扣一直到凌晨，多挣了一点钱。用那钱给我做吃食，炸了肉圆子、煮了红烧鱼、做了整整一箱的鸡蛋糕……送到我的学校。

毕业后，回到家乡工作，又回到你身边。有男孩子追求，恋爱了，你开始操心，我不能担当起一个好媳妇儿。你假设了我未来婆婆无数的规矩，我根本不听你的。我们开始吵架，很凶地吵，我再一次觉得要远离你。

我早早结了婚。

婚后的日子很幸福，公婆对我疼爱有加，工作又忙，我很少回去看你们。父亲常常送些新鲜的鸡蛋、瓜果、蔬菜来，你几乎没有来过。父亲临走的时候，总要说一句："你妈偏叫我送的！"我知道，这是真的。父亲爱我，但他没有你这样细腻的心思。

我和你也许就是这样，像刺猬，靠得太近，会互相伤害，远了，会想念。你的想念满溢，我只是偶尔。

父亲的身体顷刻之间垮了。为了不耽误我们工作，你总是一个人陪伴在他身边，直到最后那一刻。父亲走后，你真是一个人了。刚过五十岁的你，满头的青丝就白了大半。我看着觉得满心悲伤。

我领着孩子回去看你，你不再像以前那样冲我发脾气，你一边欣喜地逗着孩子，一边温吞吞地诉说村庄上一些老人情。我们要走的时候，你就站在路边看着，一直看着。有一次，我回过头去，看到你仍站在原地已变成了一个模糊的黑点。

时光终于磨平我们彼此身上的刺，接下来的日子，我会和你在一起，好好度过余生。

母爱像一尾潜在水底的鱼

十八岁那年，我考上了远方的学校，要去外地求学。对从未出过远门的我，父母亲商量后决定，由父亲送我去开学，母亲留守家里，照看小弟和家。

我们父女俩出了门，母亲站在路边上送我们，我出笼飞鸟般雀跃地拖着皮箱跟在父亲后面走，没有回头。

在母亲身边的时光，并不美好。她脾气坏，像灶膛里的火星，一点就着，嗓门又粗，那声音让我极有压迫感。我吃饭慢了，她噼里啪啦地训斥下来："成天吃这么一点'猫食'，还慢吞吞的，真是急死人！"逢着放晚学没有及时归家，她更是冷言冷语的一顿好训："你死哪儿疯去的，还知道回来？"母亲没有温柔可亲的对待过我，有时我会暗自揣测："我妈真像童话里的恶毒后妈，莫非我不是她亲生的吧？"但是我几乎像从她身上拓印下来，一样的大眼睛双眼皮，一样瘦弱的身材，我所有的怀疑只是一场乱弹，不成调。

在远离母亲的地方，我过得快乐，如鱼得水，很快到了中秋节，我写信回家告知他们，不打算回家。父亲却来看我了，父亲嘴里说得多的是母亲，他说："你走后，你妈一摸到饭碗，眼泪就啪嗒啪嗒往下掉！"我简直诧异，想不到平时一贯气汹汹对我的母亲，竟会为我流泪。父亲又接着说："我从你学校回家后告诉你妈，你们吃饭是十个人一盒饭，分了吃。你妈先是哭，后来就念叨，怕你抢不过同学，吃不着饭……"父亲塞来一点钱，说："你妈让我给你的，这是她去缝纫店里锁纽扣挣来的钱。"母亲想到性格柔弱的我，也许在如狼似虎的同学堆里吃不饱，会一点皮毛缝纫手艺的她，就去缝纫店帮忙锁纽扣一直到深夜，她把挣得的钱都托父亲带给了我。父亲又从包里拿出许多的吃食：一大袋子的鸡蛋糕、油炸的肉圆子、红烧鲢鱼……那是母亲亲手做的。

等我放假回家时，母亲待我与从前大不同，似乎我是失而复得的宝贝，但好景不长，三五日的温柔之后，母亲又故态萌发，该数落的数落，该训斥的训斥，每每此时，我就收拾了衣物，拖了行李箱，借口学校有任务，逃离了她。

母亲不敢阻拦，但她的脸色黯然得像被风刮过的煤油灯芯，快要熄灭了光芒。我只是视而不见，倔强要走。她每每默不作声跟在我身后，站在路边看我离开，看着我一路向前，从来没有回头。

成年后读到龙应台的《目送》，作家在那篇文里写她和儿子华安分别时的情景："我一直在等候，等候他消失前的回头一瞥，但是他没有，一次没有。"作家平静如水的叙说里暗藏着一个母亲对儿子的爱和期待。我不能想象，当年我任性离开母亲时，她看着我远走的背影时，心上是怎样剧烈的疼痛？

要许多年后，我亦生了一个小女儿，到此时，时光的河流变得清浅又澄澈起来，我恍然明白母亲的爱像鱼潜游在水底，暗藏在深处，从前浅薄的我是看不清的，然而等我明白的时候，岁月留给母亲的时间河流并不阔大了，她腰佝偻着，步履蹒跚，鬓发白了一片，眼神也浑浊了……

我能做的不过是多多去看望日渐衰老的她，她一如既往会送我出门，站在路边，看我离开，而我会一步三回头的朝她挥手，向她大喊："妈妈，你回去吧，过几天再来看你！"

乡村爱情花

五六月的时候，乡下人家的栀子开花了，那绸缎般光滑、牛奶般浓稠的甜香长了翅膀似的在村庄里飘飞，女人们蹙起鼻嗅了嗅，惊喜地说："栀子花开了！"

一户人家，院墙里枝繁叶茂的栀子树，宛如一座青翠的小山，而一朵朵栀子花像娇小的白鸟栖在青翠里。女主人欢天喜地捉下这一只只娇嫩的小白鸟，大方地送给爱美的女人们。

母亲也收到五六朵。她小心翼翼地捧着这些栀子花，像护着春天刚出壳的鸡雏。她把它们养在一个大海碗里，海碗是粗白瓷底上釉着淡蓝色的三片叶子，有着一种可亲的古朴，碗里盛满清水，这五六朵栀子花悠然晃荡在水面上，像惹人怜爱的婴儿躺在摇篮里。

第二日，女人们都戴起了花，扎辫子的，就绑在辫子上，没有辫子的，用一根普通的发夹夹在头发上。那些朴素的，从不舍得光鲜打扮自己的乡下女子，因了这朵栀子花显得俏丽。

我家的栀子花，母亲舍不得戴，她把它们留给我。我已是个扎长辫子的姑娘了，一天一朵别在粗黑油亮的麻花辫上，赢得一村老少妇人的夸赞。

我粗枝大叶的父亲外出做工，有次到家，先解开他的帆布口袋，捧宝似的捧出十来朵栀子来，他对母亲说："养着，你和小丫一起戴，要不黄了可惜。"母亲再晨起的时候，就用黑发夹悄悄别起一朵在短发上。

我贪心地问母亲："我们家为什么不种一棵栀子树？"母亲一脸庄重地说："栀子花，种得好便好，种不好便不大好！"

那时候我不能理解母亲这饶舌的语句，只是拼命羡慕别人家有栀子花树。我有一个表姨家也长了大而蓬勃的栀子花树，每年都托人送栀子花给我们，可是后来突然地不送了。

我问母亲："表姨的栀子花没长出来吗？"母亲说："你表姨哪还有闲情管栀子，表姨夫有了别的女人，跟表姨在闹离婚呢！"

对栀子花更决绝的是我的母亲。年轻的时候，那么喜欢栀子的人，现在栀子花放眼前也不看一眼，因为那个让她戴栀子花的人，走了。父亲去世一年，母亲原本的黑发竟白了大半！

我想起幼时母亲说的那句"栀子花种得好便好，种不好便不大好！"这原是一句颇有些禅意的句子，是在说乡下女人的爱情吧！如果说，娇艳热烈的玫瑰是代表爱情的，我想那只是城市女人的爱情。乡下女人的爱情花，许是那一朵朵洁白幽香的栀子，朵朵栀子，都是爱。

我家的装修战事

一进门，就觉得家里的气压很低，好似暴风雨来临前夕。老公站在茶几旁寒着一张脸。公公坐在八仙桌边，他的脸上也涂了一层严霜，婆婆默不作声地看着他们爷儿俩，不发一言。这状况让我的心里疑云密布，还好公公抢先开口了。他郑重其事地对我说："阳台左边的栅栏我找人给拆掉了！"婆婆接过公公的话头向我叙述事情发生的经过：白日里，公公又去城里察看了我们正在装修的房子，不知他打哪儿的主意，也没跟我们商量一下，自作主张让装修工人拆了阳台的栅栏。看我老公那气咻咻的模样对他爸拆掉栅栏这一行为真是义愤填膺啊。

看来在我回来前，这爷儿俩之间已唇枪舌剑过一番。这会儿，老公接着抱怨道："你怎么就不跟我商量一下就拆了呢？我当初看这房的时候，一眼就瞧上那栅栏，觉着很有田园风情，有意境，品位独特！"

我心里自是赞同老公的眼光，那房子自带的漆了黑漆的栅栏，很有复古的味道，提升了房子的层次。可是这时候即便不考虑老人赶早贪黑去盯装修进度的辛苦，一通瞎抱怨和火上浇油的责怪又有什么用？我面含微笑劝老公："栅栏拆就拆了，想法子弄个更有艺术感觉的东西来代替栅栏！"

平时很有胸怀的老公，不知怎么了仍然喋喋不休地说："想不通为什么要拆？"我灵机一动打比方说："有什么想不通的，就比如在院里种树，有的人家院子里一定要栽上一棵树，这人家爱对人说，大树底下好乘凉，等大树枝繁叶茂后，于子孙有福。而有的人家又有另一种说法，说四合院子里种树，写个'困'字，这生活还有什么出路？有树也要砍掉！公公既然拆了栅栏，自有他的想法！"公公听我如此一说，连连点头说："我正是这样想的，感觉有栅栏不合适。你们没看到动物园里常有栅栏围着的嘛！"我们一听都发笑起来。

我家的这场装修战争，没有风起云涌，硝烟弥漫。一家人开始围着桌子乐呵呵地吃了晚饭，我朝老公眨眨眼，让他不提栅栏被拆的事，单对公公的辛苦表示感谢，我跟在老公的话边，帮衬着说感谢公公的话，说他关心我们，爱护我们，怕耽误我们的工作，装修新房从不要我们出力，都是他一个人顶上去，他既要忙工作，还得趁着工作之余的空闲，跑市场买装潢材料，又得跟装修工人打成一片，希望工人们给我们家装修时尽心尽责，还得防止装修工人怠工拖了我家房子的装修进度……

公公听了我们的话后，随即说，以后多打电话，多问我们，不随便做主。

父子俩为装修争吵的事儿，最后是如此圆满的结果，我颇感高兴，在心里暗自表扬自己，不是我肚量大，也不是我聪明，只是年岁越长，越活得明白，像蜜蜂不是为了美丽才亲近花朵，装修房子是为了全家人能开开心心住在一起。那所谓的一点点艺术格调当然得给和睦让步，一家人和和美美才是最大幸福，栅栏，拆就拆了吧！

让亲情拥抱得更紧

其时，小汽车还是稀罕物，没有入驻普通的工薪家庭，我和先生一咬牙，花了两人一年的工资，买了一辆小汽车。这好比一个石子砸进平静的湖面，荡漾起涟漪阵阵。有人问我："你们夫妻俩工作单位离家那么近，走路也不过十分钟，买车干什么？"还有人尽心尽力地帮我算了一笔经济账，买车的钱、保险的钱、烧油的钱……用这些钱去打车，去任何我们想要去的地方都足够了，还不用我俩费劲劳神地去驾驶。

可是生活中的有些幸福不是省钱省力能"省"出来的。

买了车后，我们负责在弟弟一家回乡的时候，接送他们。弟弟和弟媳在安徽打工，逢年过节才回故乡。从前，他们每次回家，扛着铺盖行李出了长途车站，直奔黑车车主，跟黑车车主磨尽嘴皮，省下十块八块的车钱。现在，我们主动要求去接他们，疲惫的他们一看到我们的车和笑脸，立刻变得生机勃勃起来，与我们说长道短，似乎生活的艰辛全部消解，一家人之间也从没有分离过。

买了车后，当姑姑又一次打来电话，热情地邀请我们全家去她的村庄做客，我们毫不犹豫地答应了。我与先生结婚十多年，从来没有去过姑姑所在的村庄。只因那座村庄地势偏远，人口稀少，没有直通车抵达，想去的话，要舟车劳顿地倒上几班车，最后还得乘上村庄人的"小电驴"才能到达。

这一次，我们终于决定在年前的空闲里去看看姑姑。带着公婆、孩子，一家五口上路了，先生启用导航仪，仅仅花费了两个小时后，我们就抵达了姑姑的村庄。我们把车停在公路旁，步行进村。姑姑和姑父热情地迎了上来。

虽然早有电话通知，他们一家看见我们仍然喜出望外，激动万分。姑姑搬出了存储的糯米面，兴兴头头给我们搓了汤圆，煮了汤圆茶。吃了村庄人隆重待客的汤圆蘸白糖之后，我们由着姑姑和姑父陪着把家前屋后逛了个遍，青砖蓝瓦的屋舍旁又有猪圈、羊圈、鸡圈、鸭栏、狗窝，门前是一条河水清幽的小河，河水潺潺流过，像村庄上的人们，有安静淡然的品质，屋后则是成片的麦田，绿油油的麦苗好看极了，好一片田园风情，恰如当初我在心中对这座村庄的想象，是车把我们从想象带到实地。

姑姑是公公的姐姐，她已过古稀之年，但仍然宠溺她的兄弟——我的公公。她和姑父从仓库里搬出一袋米来，是她自种的米，让我们带回去。我们不肯要，她就嗔怪我们说："反正放在车上，不要你们抱，也不要你们背，带吧带吧，也没有好东西给你们！"最后，我们用车载了姑姑的米和面，成全了姑姑的一腔爱。

回家途中，公公满足地感慨，经常说来看看她，但总是怕费事，今天总算来看一趟，心安了。是的，姑姑已过古稀之年，公公也过了花甲之年。到此年龄的姐弟亲情多么像捧在手心里的水，再怎么样小心翼翼地维护着，也许一个意外来到，这"水"就要滴漏得一点不剩。幸亏有车，一切都不会显得太迟，公公可以常常去看看他的姐姐，握住最后的亲情。

感激一辆车，让亲情拥抱得更紧了。

爱换算，换算爱

去看妈妈，跟她说话，说我出差学习的事儿。出差去的城市，恰巧是我从前最要好的同学玲子所嫁的地。妈妈知道玲子，青春时候我俩好得像一双筷子，缺一不可。

我细细致致地给妈妈讲："我从车站出来，下了一天的大雨，打电话给玲子，接了我的电话后，她冒着雨开了车，从城市的最西边跑到最东边的车站来接我。玲子带着我去喝咖啡，吃炸虾、烤鱼、火锅……"我又颇为惊叹地给妈妈说："那城市里的虾跟我们这市场上差不多大，却要三十块钱一只，三十块我们这里的市场上可以买上一斤了！"我说得眉飞色舞，妈妈听得喜笑颜开，她一个劲夸玲子对我真大方，有情有义！

我接着给妈妈絮叨，玲子邀请我去她家里了，见着了她的一儿一女，女儿九岁，儿子才一岁，都是初见，我给两个粉雕玉琢的孩子准备了见面礼，女儿是一个跟读机，儿子给了一个红包。妈妈听后赶紧问我："你花了多少钱？"我说："不多，也就千把块钱吧！"妈妈爱换算的毛病立刻就上来了，我知道她心里有只算盘，此刻那算盘正敲得噼里啪啦响。

果然，妈妈精明地来了一句："那玲子请你吃的喝的玩的那些，可不是你自己花的钱？"

我一听，笑了。妈妈什么都好，她就是改不了爱换算的特点，不知道是不是因为当年家里贫困，为了扭转家陷穷坑的状况，她曾做过卖鱼的生意，养成了精明计算的性格。她这样的性格固然有些银讫两清的好处，但说出来特别让人感觉刺耳和伤心。

我刚嫁进婆家的时候，妈妈喜欢给我家送个鸡、送只鸭。她每次都特地清清楚楚地告诉我："鸡有四斤重，鸭有六斤重！"我知道她一定把鸡、鸭抓起来，用搁在厨房里许多年的那把褐色长杆的小秤，认认真真地称过重量了。每次听她报数字，我心里总是起了一层寒霜，觉得她跟自己的女儿也斤斤计较。

后来，我和老公每月回家都给她一些钱聊表孝心，她也立刻换算成，这几百块钱可以买六只鸭子，几篮子的蔬菜……妈妈每次都这样换算，我渐渐习惯了她的换算，也不再为她的话感到刺耳和伤心。更大的原因是我年岁渐长，看多了世事人情，活得明白一些了。

我知道，在这人世，老天有杆秤，我们得到的与付出的大多时候旗鼓相当。很多时候我们不假他人之手，自己可以做到许多事，比如在陌生城市里一个人去喝咖啡、吃虾、吃烤鱼……但因为有了玲子，她的请客和陪伴，那虾、烤鱼的滋味更美味，我的心里也总是洋溢着快乐。妈妈养的鸡鸭、种的菜蔬，我也可以去市场买来，但我仍然愿意吃妈妈送来的，因为那些餐饭材料里含着妈妈的爱，让我知道我是有妈妈疼爱的孩子。

所谓"世事洞明皆学问，人情练达即文章"，世事的真相是绝大多数的人与人之间其实是一种相差无几的换算——你投之以桃，我报之以李。人情便是，看清了这些换算，仍然愿意一如既往，心甘情愿地付出和索取，成全对互相的爱！

透过迷雾，看见爱

我被撞摔伤了，送进医院后，医生诊断为左大腿骨错位，并有轻微的骨裂状况，医生建议我卧床静养等待腿骨自然恢复。此次受伤，尽管没有做手术，但我只能采用平躺的姿势，一动不动地躺在床上，那模样就像夹在书里的标本。这样的日子，感觉太糟糕，身体但凡有一丁点的波动，疼痛就不由分说地席卷而来。我还成了一个毫无尊严的人，起卧、穿衣、吃饭、如厕都需要人帮忙，丝毫没有做人的体面。

老公要去上班，照顾我的担子落在了婆婆的肩上。婆婆每日早早起床，做好早餐，帮我料理女儿，等孩子离家去了学校后，她走到我的床边，小心翼翼地扶起我，再去洗漱间里拿了牙刷、端了水杯，让我刷牙，又捧了脸盆让我洗脸，最后把饭碗捧我手里，等候我吃完，再扶我躺下。这些繁复的事儿，她一日要做上数遍。

跌伤之后，婆婆对我的照顾无微不至。她陡然间像变了一个人，以前我健康的时候，她有时会跟我们置气，当她在厨房里煎炸烹煮，忙得热火朝天，我们毫无眼头见识，竟然不知道帮忙从灶台上端一碗菜去餐桌。或者偶尔她打麻将晚归，一绳子的衣服依然晾在冷风晚露中，我们竟然袖手旁观，还等着她收衣进屋。每每此时，她就要甩脸子给我们看，她一言不发，只挂了一张寒霜般的脸，公公讲笑话来缓和她的情绪，她就毫不留情地训斥他。

自我卧床后，她却一次没有冷脸过。每日，总是欢欣欣的一张脸，毫无怨言地给我端来吃食，翻出我要穿的衣服，帮我拿来想看的书本……还常常宽慰我："你这腿子急不得，你安心养，过段日子就好了。"

摔伤之后，起先没告诉我妈，怕她担心。几日之后，她还是知道了消息，忙不迭地赶来看我。不过，她一来我家，看到躺在床上的我就炸起来："我日常提醒你火烛小心，你打旋风的？（方言，意思是说我做事不稳重）你穿长裙子骑车的？"等她听我讲述完事情原委，知道责任不在我之后，又挑剔起我的形象来："你看你蓬个头，跟个痴子样……"我一连几天躺在床上不能动，虽然婆婆悉心照料，但我再也没有像从前那样好好打理头发，任由那一把长发乱得像个不规则的鸟巢。其实，婆婆也屡次问我："要不要拿梳子帮你梳梳头？"我因被疼痛裹挟，对自身形象丝毫不在乎，因此数次拒绝了婆婆的好意。

妈妈来看我，却只是打击我，言语上一次比一次猛烈："你看你就跟那流浪在街上的傻子似的……"我知道，我凌乱的惨相，一定让她联想起无家可归，街头晃荡的可怜人。

青春的时候，对于妈妈尖刻的言语我总是难以忍受，会跟她针尖对麦芒样地吵架，然而年岁渐长的我，已经练就了一双慧眼，会透过生活的迷雾，看见爱。

妈妈她没有念过书，向来以真心和本来的面貌待人，她不会说安慰人心的话语，也不懂得收敛自己的性子，她这一辈子最爱存钱，父亲去世后，我给她的钱，她一分舍不得用，都存起来。我估摸着她是要留给没有固定工作的小弟，有时我会故意哂笑她重男轻女，一针一线，一分一厘都要攒起来给儿子留着，她并不反驳我，只是笑。

她第一次来看受伤的我，给了我婆婆五百块钱，让我婆婆买有营养的食材做给我吃。隔了三两天，她又来，把一大袋的骨头递到我婆婆手里，是她自己去街市上买来的。第三次她来的时候，带来了野生的黑鱼，她特地去村庄上，买来要比市场上正宗的野生黑鱼。第四次，她来的时候，把她养的鸡捉来了，让我婆婆给我熬汤喝，她又送了猪心，包了荠菜卷、韭菜水饺……

每次我妈来都要带上吃食，这一定费了她不少的钱，尽管她不会对我说温情话，但一分钱都当成命疙瘩的她舍得为我花钱。

婆婆是同龄人中不多的会识文断字的人，当年要不是她父亲早逝了，家境突然衰颓，婆婆会是一名大学生。她对我不但有真心，还懂得控制自己的情绪，平常日子，她冷个脸，对我造不成一点伤害，但是我受伤后，她知道如果她不欢欣地站在我身边鼓励我，照顾我，我会一蹶不振，伤痛良久。

透过了生活的迷雾，我看见了她们爱我的真谛，而我要做的是用真心和爱去回报她们，好好陪伴她们，一直到生命的尽头。

爱的眼睛和耳朵

女儿问我一件她觉得稀奇的事儿。她和小伙伴们一起去公园里玩，正当他们一群人玩耍得不亦乐乎之际，他们中的轩突然喜不自禁地叫起来："你们看，昊也来了！"顺着轩手指的方向，他们看到远处有两个小小的黑点，正慢慢地向公园方向挪移过来。女儿心上疑惑，她与昊是同桌，可是此时她却一点也分辨不出两个小黑点中，究竟哪个是昊？学校组织体检时，医生分明测出她的视力与轩不相上下，她弄不明白轩如何认出远处黑点样的昊？

我思索了一会儿告诉她："也许是爱在作法！"我和女儿都知道，轩的父母是生意人，他们一出门就拜托昊的妈妈照顾轩，轩常常与昊同吃同住，两个小男孩感情深厚，所以轩能一眼看出昊来！

我想起一位学生家长被请来学校，与我们这些教师同赴考场监考。监考的地点是学校礼堂，礼堂里可容纳二百多人，我们携着试卷走进礼堂时，发现四个班的孩子正规规矩矩的端坐着等候考试，放眼打量，是密密麻麻的黑色头颅，此时的礼堂仿佛一棵大梨树，上面缀满了形状相差无几的梨子；又像万顷荷田，里面长满了挤挤挨挨的莲叶。我以为，在很短的时间内，想要找出其中的一个梨子或者一株荷叶，不是那么轻而易举的事儿！不过，那位妈妈，转瞬之间就认出了自己的孩子，她悄悄地用手指指给我看，我顺着她的手指去看，她的孩子是个眉清目秀的男孩，他正在奋笔疾书，过了一小会儿，他停下笔来，思索了一会，从文具盒里取出小尺，画了线……他妈妈一直微笑着看着他。

爱让我们的眼睛明亮，一眼就看见我们想看见的人和物事。爱也有耳朵，能让人听见。

我的父亲未足花甲之年就患癌去世了，从那以后开朗的母亲就像变了一个人。在父亲去世后短短的一段日子，她本来满头的青丝变成了灰白色，她的眼睛因流了太多思念父亲的泪水，变得模糊不清。她的听力更是直线下降，别人跟她说话都需要大着声音，有时饶是别人已经亮起了嗓门，她却也听不真切，按照自己的想法胡拉乱扯。邻居们对回娘家的我说："跟你妈妈说话费劲呢，大姐赶紧给她买个助听器吧！"

可是，最让我感觉惊奇的是不论我跟她说什么，她都能听见，她能一丝不乱，对答如流地回答我的问话。我问她："妈妈，零用钱还有吗？我再给你一些！"她立马回答我："不用，不用，我有钱，你把钱存起来派个正经用处！"我又问："妈妈，给你买一副猪腰烧汤吃？"她立刻回答我："你还不知道你妈，从小到大猪腰没上过嘴，我嫌猪腰的味道太腥臊！"老公为表孝心赶紧接过话去："妈，那给你买副猪蹄？"我妈看着他，想了会说："猪肝我也不喜欢吃！"老公给了我一个无奈的眼神后，亮起嗓子朝她大吼："我说的是猪蹄、猪爪子！"我妈被他逗笑了，开心地对他说："你突然声音这么大干什么？我能听见呢！"

后来，我和老公也屡次试过，只要我说话，我妈句句能听真切，而他对她说话，她有时听到，有时听不到。再后来，老公也不费那亮嗓门的劲了，他要是想要跟我妈说话的时候，先小声跟我说了，然后朝我嘴一呶，说句："你给你妈翻译下！"

这些生活中看似寻常的现象却又蕴藏着我们不曾深思的人生智慧，爱让人看见，爱让人听见，爱真的会创造生活里的奇迹。

美妙的半小时

有电话来，是陌生的号码，来自石家庄。摁下接听键，并不熟悉的方言噼里啪啦戳进耳朵里，我定了定神，努力分辨了一下他说的话："猜猜我是谁？"我心里一个咯噔，警报拉响："是骗子行骗来了？"我冷下脸来："不知道，挂电话了！"那边急了："我是通城的！"通城倒是有亲戚，我的大姑妈在通城。我慎重起来："你要是表哥，就叫我的小名吧，要不我就挂电话了！"电话那头哈哈大笑起来："丫头，你真的不记得表哥了？"这爽朗的笑声叩开记忆之门，的确是表哥的声音，只是听上去比十年前苍老了许多。

表哥在电话里娓娓地问起我母亲的身体，弟弟和我的婚姻工作情况……我一一回答好，也问候起他，人到中年的他，依然干老本行，木匠。年初，他与家乡的同伴一起离开通城，如今在石家庄的一家建筑工地上做木工。我忧心忡忡地说："哥，房屋的高处你不要爬上去，让别人爬！"表哥又一次爽朗地笑起来："丫头，在一起干活怎么好占别人的便宜，危险的活就让别人干？这也不是你哥的性格……"我改口："哥，那你小心一些！"这样谈论生计艰辛，引我为他担忧，一定不是表哥打电话给我的本意。他话头一转，说起我小时候的事。

提到从前，事情还得从我大姑妈做小姑娘那会说起。其时，家穷又遭旱灾，姑妈不辞而别离开父母，一路漂泊到通城，遇到大姑父，家里有地，地里可收棉花、高粱、红薯，还养羊，算是个能填饱肚皮人家，年轻的姑父人也忠厚老实待她好，大姑妈就留在通城与姑父成了家，生了表哥。表哥长到十岁左右，姑妈不堪忍受思乡之情，带着姑父表哥三人归省。全家人喜极而泣，原来姑妈在人世安好。

等到家乡再遭水淹，全家人都赶往通城姑妈家避难。那一年，我四岁。姑妈家的土坯房有一破洞，我最爱蹲在洞旁，从洞里看外面路上来来往往的车辆和各色行人，表哥却最不能忍受屋子上伤口似的洞。他放学回来第一件事，是用泥土夯成块，再用泥块把洞塞好。等他第二天上学后，我就站在那洞口摇晃身体。我绝不明着去拆洞，只管前后摇晃身体，晃着晃着，身后的泥块轰然倒出去，洞又现出来。表哥归来，再填洞，我又会重复第一天的动作，摇晃身体，只等洞再破掉。表哥在电话里旧事重提，他说："小时候的你那么顽皮，真让人受不了！"多么奇怪，表哥说往事的语气分明是快乐的，远去的苦难童年，如今在我们心头上泛起一片温暖的记忆。

姑妈去世的时候，我没能去。那时，我的父亲亦已去世，小弟和母亲赶去奔丧。表哥说："已经有十年没见到你了！"是的，平日我们这些如蝼蚁般生活在尘世的人们，总是为了生活奔忙，相聚是奢侈的。但这通电话，分明让我感觉到亲情的分量。龙应台在《共老》里说兄妹亲情："我们不会跟好友一样殷勤探问，不会跟情人一样常相厮磨，不会跟夫妇一样同船共渡……"

表哥打来的半个小时的电话，让我明白，所谓亲情，是十年未见，你想起我来，依然是一颗最热烈的心，依然不忘相处的每一个细节。我们散落天涯，互不见面，却永远不会彼此忘记！

有颜色的"疼"

我斜着身子站在路边车门前，嘴里回应着老公的问话，两只手，左手搭在后车门的门边上，右手开了副驾驶室的门，我准备上车。那电光火石的刹那，老公随手甩上后车门，我"啊"的一声大叫起来，老公也惊呼不好，他随手甩上的后车门压着了我的手指。他慌忙打开车门，我拔出手指头，上面通红一片，指甲盖的根部瞬间变成紫色，能看到里面挤成一团的血。老公自觉失误，万分抱歉地捧过我的手指头，又抚又揉，嘴里不住地说："这可疼了！谁知道你把手放那儿去了呢？"

看着老公着急的模样，我赶紧安慰他："不过是紫了一点儿，不怎么疼！"我从手指上第一次发觉，疼是有颜色的。我也没有说假话，因为爱人的抚摸，这紫色的疼似乎变得不怎么疼了。

女儿六个月时发高热不退，听医生的吩咐吊水。老公抱着女儿，公公、婆婆、我则围在他们父女身边，就诊室里护士来了三个，她们互相商量着，针究竟是扎在孩子的小脚上，还是脑袋上？年长一些的护士细心地观察了孩子的经脉血管，终于决定在脑门上扎针。一针下去，孩子

"哇"的一声大哭起来，她还不会用语言来表达"疼"这个字。两个年轻的护士，一个摇着拨浪鼓，另一个做鬼脸逗她笑，婆婆握着她的两只手，一个劲说着："宝宝，不痛！"公公则握着她的两只小脚，防备她乱动，动了护士扎好的针。女儿的疼自然牵扯得我心里也跟着疼，但这疼没有引起我的恐惧感，我看着一大帮为女儿的疼忙活的人们，觉得这疼是花朵的颜色，五彩的，甜蜜的。

并不是所有人的疼，都是幸运的彩色。还有一种疼是黑夜的颜色，那样深不可测的黑，一不小心就吞没了人。

老公直愣愣地看着手机，对我的请求充耳不闻。我再一次提高音量，要求他把手机里的照片发送给我，他这才回过神来。他开口却说："我们学校的一位学生今天去世了！"我惊得从椅子上站起来："是你班上的学生吗？怎么去世的？"我赶紧凑过去看他的手机，是确凿无疑的信息。

老公说："前几天为了贫困生资助的事儿，我找了她好几次！"老公做着学校贫困生的资助的工作，所以能接触到别班的她。老公接着说："她长得高高的，黑滋滋的皮肤，圆脸盘，成天笑眯眯的。对她的经济补贴教育局已经通过审核，她很快就可以拿到这笔钱，然而这孩子再也不需要了！"

孩子平日住宿在学校，每逢学校放假才回家。她一回家就做大人，帮年迈的祖母照料家里，照顾母亲。她的父亲常年在外打工，母亲是精神病患者。母亲每每深夜出走，祖母从来不管这疯女人，但只要孩子在家，小小的她总是小心翼翼看着母亲。她拗不过母亲的力气，但她会像个小跟班样，一步不离跟在疯母身后。她的疯母亲哪里知道孩子害怕母亲走丢的心。而这一次，夜太黑了啊，她摔到河里去了，黑的夜和宽阔的河吞没了她，再也没能活过来。这世上有各种各样的疼，再也没有这样一种黑色的疼，更让人觉得疼了。

浴室里的母女们

来浴室里洗澡的，多的是母女档。进门来的这一对，妈妈还是一副少女模样，打扮青春靓丽，束着高高的马尾，火红短袄配黑色迷你呢子短裙，她定是个新手妈妈。她抱起娃娃来一点不含糊，她把娃娃整个的兜搂在怀里，脚下小心翼翼地迈着步子，那样儿比捧着传世珍瓷谨慎多了。她不急着脱衣洗澡，光瞧着怀里的娃娃乐，一会儿给娃娃做鬼脸，一会儿唱歌给娃娃听。等到洗澡的时候，娃娃大哭，她嘴里蹦出大堆好词来："宝贝不哭，不哭，真乖，真听话，我家宝贝比花仙子还漂亮……"

正穿衣的这一对母女，妈妈蜡黄的脸色，烟灰色的旧外套，像人家遗弃在庭院角落里的那颗老树桩。她若不开口，几乎使人忘记了她的存在。招人眼的是她旁边的女儿，正是青春的年龄又如小鹿般轻巧灵活的样子。女儿动作很快，一会儿就穿好了衣服。她站在一旁对着浴室里的镜子整理潮湿的头发，正在穿衣的妈妈也影印在镜子里，她转过头来大惊小怪："妈，你这内衣都松垮成这样了，赶紧扔掉！"妈妈没吱声，用一只手，把自己的衣扯扯端正。我这时才发现，妈妈的另一只手，打着石膏。

　　女儿用妈妈一只手递过来的干毛巾擦自己的头发，嘴里话语却像放鞭炮似的噼里啪啦："妈，你的发型可真土，跟你说过多少次，不要贪便宜找手艺破的理发匠，把自己的头发剪得跟鸟窝似的，一点品位也没有！"妈妈仍是没说话，她用一只手套上线衫。她费力地用一只手把自己的线衫往下拽，好使自己舒服点，女儿在一旁咋呼呼地叫着："要不要我帮你？"手里却没动，她一个劲忙着把自己的头发打成卷。妈妈却是立马应了来："用不着，用不着，你弄你的头发！"

　　我站在水龙头下正冲着水，进来一位高大的女人，她一脸歉意地请求我："姑娘，把你这靠门口的水龙头让给我妈妈吧！她瘫了呀，不能走路！"我一听赶紧让开来，站到里面去。再回转头来一看，这个高大的女人已经利索的把桶摆好，桶边上放好洗发露、香皂什么的。高大女人摆布好东西后，又旋风一样冲出去，她再进来的时候，怀里抱着她妈妈，妈妈像孩子一样攀住她的脖子，她把妈妈抱到澡桶里，给妈妈先洗头、再洗身子，仔仔细细地洗，小时候妈妈也许就是这样给她洗澡的吧！

回家过年

犹记得我作飘萍在外念书的日子，劳动节、暑假、国庆等大大小小的假日，虽然学校放了假，我有了时间，回家的脚步却分外的踟蹰，远在千里之外的家清贫，父亲的白发、母亲的愁眉，看不见反而不那么心疼和忧伤。唯有放寒假让我心上欣悦，要过年了，再怎么样的日子，人们都欢天喜地的。

母亲养在圈里的猪肥了，邻人们看见肚子养得溜溜圆的大肥猪笑呵呵地说："有钱没钱杀猪过年！"母亲喜笑颜开地应着好，是的，杀了年猪，这个年是丰盛而令人羡慕的。平时缺少油水的碗里一准会锦绣灿烂起来：香炸肉圆、红烧排骨、糖熬蹄髈……白的白红的红，我们吃得油嘴滑舌的淘气。

杀了年猪后，母亲会认认真真地掸尘，把灰扑扑的家收拾得窗明几净……掸尘的时候，母亲往白炽灯上哈气，把暗淡了很久的灯泡擦得白亮亮的。父亲会从工地上取回或多或少的工钱，他在明亮的白炽灯光下把那沓不算厚实的票子一张一张地数过去，再递到母亲手里，母亲又一张张地数过来，他们脸上有心满意足的笑容，过年时的人情往来，开春时家里买麦肥的钱，买小猪崽的钱，我们的学费都有了着落。

平常的日子，父亲和母亲是"贫贱夫妻百事哀"的那种夫妇，繁琐又沉重的生活担子，把他俩压迫得好像爆竹，互相之间一点就着，他们会摔锅掼盆地吵架，吵过之后，接着冷战数日，把家变成冰冷的冬日景况。他们一吵架，我们就好像流浪的猫狗，瑟瑟发抖，全无暖意，只觉得生不如死。但在过年的日子里，他们一定互相谦让着，相互说着和气顺心的话，对我们的调皮也好心情地付之一笑。而我们看到他们溢出的笑容，就像撒野的猫，更卖力地野着，快乐着！

时光如水，缓缓流过，我们一天一天地长大了，家里日子也蒸蒸日上。从前的艰难和困苦都随着时光之水流远了，我和弟弟都结了婚，在别处另筑了巢，父母亲还在村里住着，但他们从小房子搬进了大房子，又从大房子搬进了楼房里，他们不再常常吵架，开始互相扶持。他们现在比我们更喜欢过年，过年了，我们就回家了，家里的快乐也水涨船高，满溢了。

今年，把自己的小家安在了安徽的小弟，早早回了故乡父母的家，他还给我打来了电话："姐，今年过年一定要带着宝宝回来多住些日子，你们别怕冷，爸给家里装好空调了！"他还记着我回娘家的往事，那会儿我孩子刚出生不久，正值夏季，本来与爸妈、弟弟说好我会带着孩子回家住上一段日子。其时，父母的家还没装空调，怕热着孩子，我只住了一晚就回了公婆家。

其实，这些年我还是像青春年少时那样，最爱回家过年。回家过年，就像种子终于落在泥土里那么踏实，就像雨点终于落在了河流里那般畅快。

我连连答应小弟，一准回家过年。回家过年，让一直在钢筋水泥的城市里待着的孩子，在村庄的草垛旁和一只大花猫追逐嬉戏，释放自由的天性；回家过年，陪着父母去看几场锣鼓喧嚣的乡戏，把素日亏欠父母的人伦之乐还上一些，让彼此的心灵都得到救赎和满足。回家过年，装了空调的房间一定温暖如春，把严寒阻隔在外面，在温暖里和小弟、弟媳侃侃而谈，交换彼此一年来生活里的酸甜苦辣。

回家过年，家永远是我们人生的加油站，年是加油的最好契机，在这里不论我们的年龄几何，总能得到充足的休憩和爱的养分，我们踏上前路的步伐会更坚定有力！

第三辑　生活启示录

年岁越长，经历越多，越觉得生活是位睿智哲学的老人，从来不言语，却把一切要说的都教给了我们。

点点是一条狗

　　我们是在车水马龙的街道上，遇见那只流浪狗的。幼小的它只有一根筷子那么长，抖抖索索地在车流的夹缝里觅食。我的孩子看见它的模样，一颗心担忧得要融化了。为着孩子的天使心，我们把它带回家，它的毛色为黑白夹杂，白色居多，黑色成圆圈状点缀在大片白毛之间，我唤它为"点点"。

　　点点是在光线昏暗的黄昏被我们带回来的。第二天白天认真细看，它不知道在外面辗转流浪多少天了？一副皮包骨头的模样，身上还有多处伤口，虱子在它身上汹涌出没，我泛起了阵阵恶心，老公和孩子却都是极富爱心，并不嫌弃它。老公去宠物药店买来了涂抹伤口的消炎药和除虱灵，他给点点洗澡、抹药、除虱，孩子就在一旁欢天喜地地帮忙。

　　来我家没几日之后，点点就神气起来。点点虽然不会说话，但它有代表自己语言的肢体动作——摇尾巴。平常，它悠然自得摇自己的尾巴，但要是家里的谁从外面回来了，它的尾巴就摇得更激烈了，像音乐到了高潮部分，它把尾巴摇得热烈又欢快！点点学会了敲门，它是用尾巴敲门，我们把它留在外面，可是过一会儿，就听到"噗噗噗"的敲门声，打开门，门外并没有人，眼睛朝下看，原来是点点。

点点竖着一只摇铃似的尾巴，在家里上蹿下跳，平静的家里添了很多的喜悦。点点很快就跟孩子好得形影不离，但凡孩子出门去，点点就要跟着。孩子每日上学都悄悄撇开它，等孩子放学归来，点点必像久别重逢，扑上去，后爪蹬地，前爪直搭到孩子的胸前去了，像两个朋友要拥抱一般。

有时候，太过分的热情会惹出事端来，不论一个人还是一条狗。那天晚上，孩子从浴室洗完澡归来，点点又扑上去拥抱她，它的牙齿把孩子的手磕破了，它不是咬她，只是太过热情磕破了她洗澡时被水浸泡得分外娇嫩的皮肤。我们不得不带着孩子去打狂犬疫苗针，我心疼孩子打针受罪，特别生点点的气。回家之后，我就把点点骂得狗血淋头。它似乎完全听懂了我的话，耷拉着脑袋，赶紧进了自己的狗窝，蜷在那儿一动也没动，还用两只前爪搭在自己的脸上，把脸蒙了起来。第二天一整天，它都没进我们住的大屋里，趴在狗窝里蔫蔫的，给它喂食，也不大吃。家里的人都说这狗知道后悔呢，它有自尊心。直到我唤它进大屋，它才进来。

转眼，点点来我们家已经半年了。平常，我们吃饭它便在我们脚下等肉骨头。我们在桌上吃得热火朝天，它就在桌下啃骨头啃得欢天喜地。前两天，我们吃饭时分，老公给点点扔了根骨头，它竟然不吃。老公又给它根香肠，它竟然还不吃，还抬起脚就往外走，平素它可是一只"好吃鬼"呀！老公又是极爱它的，就追着它，想让它吃上一口肉骨头，追在一只狗屁股后面请它吃骨头，老公这模样，让全家都开怀大笑起来，只见老公追着点点出了大屋，又追着它到厨房里去了。一到厨房，老公赫然发现，婆婆忘记关液化气灶头的开关了，蓝色的火苗正呼啦啦炙烤着锅里一点点的汤，再迟一步，锅就要焦了，火仍不管不顾地炙烤着，这后果真是不堪设想！不知道是巧合还是点点真有那份灵气感知到灶上的火没有关。总之，在追点点的过程中，老公才能发现未关的火，全家断定点点是大功臣，它当然也不会像一个人那样居功自傲了。如此，连平日不太热爱点点的我，从这次后，也对它刮目相看了。

鸟儿的巢，狗儿的窝

校园广场上有一株水杉，这株水杉栽种下还没几年，她像还没长开的姑娘，一副纤细瘦弱的模样，几只喜鹊却不知道什么眼光，把它们的窝巢筑在了这棵枝干毫无支撑力量的水杉树上。

从我们办公室的窗户看去，只见水杉树梢顶端的枝丫里一上一下两个窝巢，像两朵硕大的黑花，常有几只喜鹊在树叶间、窝巢边蹁跹飞舞，叽叽喳喳地鸣啾着。风声、叶声、鸟鸣声……我们耳边随时可倾听这些自然之音，而自然的鸣奏总让人心里宁静淡定，感觉到日子里如常的幸福。

一日，从楼上办公室的窗户往外看，校园广场上聚集了不少同事，他们在围观着什么！我再一抬头，水杉树上只剩下了一朵"黑花"，另一个喜鹊的窝巢被春天里狂野的风撕扯下来，扔掷到地上去了。我急急忙忙奔下楼去，到了广场，我不由得万分惊叹，那树上，看在我们眼里不过一个篮球大小的喜鹊窝巢，跌落在地，却占据了广场最起码八平方米的范围。再看这窝巢的构造，由成千上万根的粗树枝作底，树枝簇拥着一个精美编织花篮样的窝，窝的直径大概二十厘米的样子。窝是用麻线、棉絮、柔软的塑料扎丝编织成的，那窝的精巧漂亮实在堪比最慧心的匠人作品。

广场上我所有的同事，无不对喜鹊窝巢的庞大和精巧啧啧称赞，又无不扼腕叹息起这座"大厦"的骤然倾覆。最后，人们众口一词责怪起娇纵蛮横的春风，心疼起喜鹊们的吃辛历苦，为它们悲伤起来。

然而，喜鹊不悲伤。下午，我们就看到两只喜鹊忙碌起来，它们很懂分工合作，一只飞来飞去，嘴里总衔着一根粗壮的树枝，另一只喜鹊站在树枝丫间垒巢。远远看去，很快，这只窝巢就有一个排球那么大了，也许要不了几天，这株水杉树上又会绽开一朵大大的"黑花"。

这些自然的生灵，常常让自称为万物灵长的人类自愧不如。

我不由得想起我家收养的流浪狗，这狗初到我家，是一副邋遢模样，但我们给它洗完澡后发现它模样秀气，性格温顺，我们房子小，没有宠物间，便把它安置在厨房间的一角里，给它做了一个狗窝，还给它准备了方便的盆，它却从未在家里方便过，总是出去寻找一个僻静处。因此，我家里从未有狗尿、狗屎的气味。养了一段时间后，婆婆说："这只狗如此善解人意，通人心性，当初被抛弃，也许只因为它是只母狗！"这话我信，这狗到我家后，每年要下两回崽。一旦它下崽，婆婆就特别忙碌，得给它烧鱼汤喝，幼崽小，不讲卫生，厨房间弄得到处是小狗便便和尿，那气味让人不堪忍受，婆婆每日就跟着忙前忙后打扫卫生，偶尔也抱怨我老公和孩子，带回了这只流浪狗。

狗儿的肚子又鼓起来，它又怀孕了，像一只圆溜溜的球。这当口，公婆决定重新装修房子，家里有建筑装修的工人上门，平常这狗看见打我家门前过的陌生人就拼命狂吠，只吠得打门而过的人们心惊胆战，退避三舍。对进入我家的这一拨儿的陌生装修工，它却从来不吠，朝进门的工人瞧上两眼，就伏到一边去睡觉。等装修的电锯声响起来，吱溜溜地叫，它就要抬起头，朝响声处再瞧上两眼，然后，又伏在地上一动不动了。

公婆天天忙着收拾房子，我们上班的上班，上学的上学，谁也不管这狗了。突然一天，邻居跑来，惊喜地告诉我们："你家狗下崽了！"我们诧异地问："在哪儿，在哪儿？"

原来，离家不远的地方有一间风不透雨不漏的旧房子，房子的主人搬走许多年了，这屋就这样空扔在这儿，屋里不知道是谁放了些稻草，我家的狗就选了这旧屋做它的产房，它把崽儿生在了稻草堆上。从前，这狗从不夜不归宿，每每夜幕降临，呼唤其名，它必飞奔而回。现如今，它做了妈妈，任谁呼叫，充耳不闻。它舍弃了公公给它做的小木屋，就和狗崽们一起呆在僻静的旧屋里。

在这旧屋里，它是第五回生产，却是第一次独自在外生崽。在这旧屋里，它得到安静，没有人扰乱它生小狗，它的狗崽也收获安静，少有人来人往的旧屋，没有人对狗崽们造成危害。平日对这狗颇多关照的婆婆，自也是不需要日日打扫卫生，她可以专心忙房子的装修，人畜两相安！知晓此事的人都叹服起一条狗的智慧和见识！

有些善良，无处安放

去修鞋，到那儿发现修鞋的摊主换了人。以前是个健壮的中年男子，老远里就开始打招呼，会根据你鞋的好坏要价钱，生意做得很精明！

如今是个小伙，很年轻，面庞清秀，最多二十出头吧！我讶异地问："换人了？以前的师傅呢？"他舌头打着卷很费力地说了一大串模糊的话，我稍加整理才知道他说的是"他去县城了，现在是我做。"他有语言障碍。

他把我的鞋拿在手里，仔细看了看，把破损的鞋掌拔掉，蹒跚着去里间小屋打磨。我这才注意到，他的腿脚也不方便。但修鞋丝毫不马虎，打磨过后，他先用锉细细地锉，再小心地涂上一层厚厚的胶水，贴掌，最后钉钉。他这样一丝不苟好像一个敬业的大夫，对待病人一个小小的破伤，清洗、消毒、上消炎药、贴上创可贴。相比起来，以前的摊主，多像手脚毛躁的实习医生，简单地拿创可贴把伤口一贴了事。

鞋修好了，我试穿的当口，他小心翼翼地问我："好穿不好穿？"这位腼腆的青年生怕自己的手艺得不到我的认可。其实，他精心修好的鞋，穿起来很舒适！我打定主意，多给点修鞋费，他真的不容易！

我问："多少钱？"

他答："一块！"

我笑着说："一块，太少了！"我又拿出几个硬币塞他手里，可是他死活不收，又放我鞋袋里。

我还想起那次去青岛碰到的一位的车司机。深夜十一点，从啤酒街喝完啤酒回来，我们仨跳上一辆的车。车子在迷宫一样的街上绕行。我们住的酒店，他找了好多条巷都没有找到，女友悄悄地附在我耳边说："出租车司机竟不认识道？一定是宰我们，欺负我们外地客。"我一听心里也暗暗着急起来，刚要询问，却发现司机大哥拨起了电话，我能听懂一点，似乎向他的同行打听线路情况。

一个小时后，终于找着了我们入住的酒店。原来，我们住的小酒店离啤酒街竟只隔了一条街，只是名号不够响，司机大哥才不能准确找到。我掏出皮夹里的百元钞票递过去，心想着："虽说才找到酒店，但人家也不是有意宰我们的，这深更半夜的，不能让人亏着油钱！"司机大哥却问："十元，有十元吗？"

我赶紧把身边的二十元零钱全递过去，但那位大哥怎么也不肯多收。

纷繁尘世中，这些有着可贵职业操守的平凡人们，让我们自以为是的善良无处安放，也让我们日益坚硬的心在一刹那间被温暖和感动包围。

不经世事，不道人心

曾听人议论她，她身材高挑，相貌清秀，年纪轻轻便做了城里小学的主要领导，但待人强势，处事霸道。那次道听途说中，她的好处像泥土下覆盖的种子，毫不见踪影，只让我庆幸自己是局外人。

没料着，她会打电话给我，热烈邀请我去给她的教员们做一场讲座，我受宠若惊。毕竟，她的学校比我所在的小学好太多。我虽然时常有文章发表在报刊上，做讲座却是人生头一回。她却愿意，也敢给我这来自乡旮旯的教师这样一种机会。见面后，她似乎看出了我的胆怯，爽朗的向我大笑，对我说了许多溢美之词，我能看到她明亮双眸里的真诚鼓励。不过，人们说："路遥知马力，日久见人心"。初次会面，双方端出的都是美好。她的心究竟是什么模样？一时之间，我亦不能分辨清楚。

生活中，我们与很多人就像偶然相逢的浮萍，一面之后，又各自随波而去。我与她，亦是如此。

两年后，我再次想起她。是我打算申报"教学能手"的称号，申报条件中明确要求，申报人须做过一次讲座。我辗转三两人，找到她的电话号码，给她发消息，在短信中我请她帮我开一份做过讲座的证明，她立刻就回复，答应帮我开证明。

下午，在我正要驱车去找她的当口，她的短信来了。她告诉我，她临时去参加会议，不能见我了，但她把我需要的讲座证明证书已经制作好，盖上了她单位的公章，放在了传达室里。她让我径直去她校门口的传达室，报自己的名字，取证书就好。

她在短信里，详详细细地把每一步骤都给我考虑周到了。那份细致和温暖，不由得让我心生感动。到达她单位的传达室，我报了自己的名字，保安果然就取出几张白纸来，我诧异地伸出手接来看，白纸中间却是红通通的讲座证明证书。白纸是用来遮挡证书，防止证书被弄脏。她这样为只有一面之缘的我着想，真是出乎我的意料。

不管当初有人怎样说她人心如墨，她在我这儿，她的心是一朵最美丽的花。此事之后，我愈发感觉，世间最不可道听途说的是"人心"！我又想起另一个人来。

我以前很怕去教育局的人事科做签字盖章的事儿。实因有人说，管着公章的主任声大如锣，炮筒子的性格，见人喜寻三问四，若是回答不够周全，他就要刨根问底，只问得你哑口无言，我向来言辞笨拙，真是怕这样的人。

世上的事儿，是怕什么来什么。我怕去盖章，但晋升职称什么的，非得提溜着一堆表格去盖章。我去的时候，已经一堆人等着了，只见主任马不停蹄地盖了一张又一张的证书，轮到人群中的一个小个女孩子了。她看见主任，怯生生地说："主任，我今年考到徐州去做教师了，能不能请你帮我开个在你们这地工作的证明？我在你们这工作两年呢！"主任开始问："你为什么要去徐州？我们这地方不好？"女孩回答："好，只是我男朋友是徐州的！"主任又问："你有所在校的工作记载吗？"女孩连连点头说："看我的工作记载簿，上面写得清清楚楚，就是没人给我开这证明！"女孩拿出证明材料，摊开在桌上。主任说："我给你开，男朋友要对你不好，还来我们这地……"没想到大炮主任在啰啰唆唆中一下子答应了她，女孩激动得面红耳赤。

事后，女孩跟我们这一帮人嘀咕，她一路找了许多人开这工作证明，有她所在学校的校长们，有教育局的其他领导，谁见她都推三阻四的，直到遇到教育局的这主任。有人情练达的朋友指点她，让她给领导们打点打点，送些烟酒、购物卡什么的，事情就容易办了。她偏不信邪，一个一个领导地找过来，终于遇见了这主任跟她亲人似的，虽然絮叨，但对她是一颗清明无瑕的真心。

亲历外地女孩开证明事件的我，对这大炮般啰唆的主任，一改从前听来的印象，对他顿生好感。

从自己的手里找贵人

年轻的时候，遇上烦难事，心里盼望着从天而降一个贵人，为我披荆斩棘，排除万难，可是贵人总也不出现。

还算活得清醒，我没有像"守株待兔"中的那个农人般等贵人来，自己的双手不敢荒，洒汗水，聚时间，手上总算添了点技艺——会写豆腐块大小的文章。一位教育杂志的编辑老师找到我，他说，以我的文笔可以写他家杂志的"校长"专栏，我可以挖掘身边令我感佩的校长，把校长们优秀的人生轨迹写成文章，发在杂志专栏里。

身边的一位朋友知道此事后，直言不讳地对我说："你只是一个乡镇小学的老师，虽然编辑认准了你的文笔，但你竟然都不是一个记者，那些校长都是人精，他们既不会在乎你写的文章，更不可能感激你。你写这种通讯稿，耗时又费力，要牺牲自己许多的时间，这种为他人作嫁衣的事儿，对你有什么意义？你不要写！"

友人有理有据的分析，并没有改变我的心意，我是顺心而为的人。我没有想着从校长们的手中得到什么，我只是被报社的编辑打动了，他说我可以尝试写一个整版的文章。我行动起来，主动找人介绍优秀的校长给我，马不停蹄地与校长本人联系，又花了大量的时间去搜集材料，最后写成了一个整版的人物通讯稿。

差不多一年的时间里我一共写了四五位校长。诚然，恰如友人所料，那些校长中的大多数人并没有感激我。

第二年，城里举办一个教师基本功的比赛，只有城里的教师才有资格报名参加，但在乡镇小学工作的我获得了参赛资格。我曾经帮助写过报道的第四位校长极力举荐了我。有人说，他是我的贵人。是的，他对我的确有提携之恩，但是我的贵人不是凭空而降，是我自己通过双手找来的。

还有一次，是教师节前夕，在一个文学群里，一帮写文的女人狠狠抨击着教师收礼的社会现象，后来，她们点名道姓诋毁起一位文友姐姐。那位文友姐姐在另一个群里说自己从不收学生的礼。这帮女人就说她装成时下流行的"白莲花"，背地里怎么可能不收礼？我与那位文友姐姐素日往常相交甚多，知道姐姐家境富裕，姐夫的生意做得大，钱挣得多，在路上少见私家车的时候，姐姐就开得"奔驰"轿车，她真的不在意家长送她的一点钱，她所得的稿费都用来资助贫困学生。于是在那个群里，直性子的我为文友姐姐辩解了一番，这下可挑起她们的怒火，与我针锋相对，大吵一场，最后，以我一己之力，落败告终，我退出了那个小群。

在以后的很长一段时间里，我并没有告诉姐姐，我与别人因为她而起的这场口水大战。这场纷争倒让我从心理上更愿意与姐姐接近，我时常找姐姐聊天，我俩说家庭，说工作，说写作，说出书的梦想。没有料到的是，文友姐姐的书稿很快被出版社签约，姐姐又向出版社推荐了我的书稿，出版社的编辑老师一举看中了我的书稿，我人生的第一本书就是这样出版的。姐姐算是我文学路上的贵人之一。

茨威格说过，命运早就在暗中把每一件赐给你的礼物标上了价格。越往岁月的深处走去，我越发现命运女神也送了我礼物，她安排了贵人们帮携我，使我的人生之路走得更顺畅，但很多时候贵人们并不会主动伸出手来，我们很可能还是要靠自己的双手，去寻找他们。

敬畏之心

　　我和文友约定，一起写稿，互相监督，我们确定了给对方交稿的日子，她单日交稿，我双日交稿，不接受任何欠稿理由，交不出稿的发微信红包给对方，作为对懒惰者的惩罚。

　　我俩这一坚持就数天，形成了你追我赶的写稿氛围。

　　直到某天，多年不见的外地同学来相聚，我白天陪着他们去家乡风景区——沉浮岛游玩，晚上宴请他们吃家乡特色菜，接着一行人又去了KTV唱歌，在老歌中我们又畅想当年，这同学之间一回忆起来，互相之间的话语就如开闸的洪水，喷涌而出，时间就在你一言我一语中悄悄溜走。等把同学送上车，我再回家，已是深夜十一点多，我累得一下子瘫倒在沙发上，像只缺氧的鱼。

　　偏偏记忆来作祟，我陡然想起恰逢双日，是我交稿的日子。本来打算发一个红包给文友，可我心头一动，打算抖个机灵。我想起电脑里有许多未完成的半拉子稿，随便拖一篇出来，添添改改可不就是一篇新稿？我打开电脑，翻开文档，随手拖出一篇陈年的半截子旧稿，三下五除二添上了两段，又匆匆忙忙地写上了一个自认为生动的结尾，急忙忙交出去。我刚交出稿，尽责的文友就从电脑那端冒泡应答我，说："正等着你的稿呢，再不来，我就要去睡了！"

不一会儿，她发来疑问的表情，甚是惊讶地说："我记得你写过《晒伏》这篇文的！"我大吃一惊："你怎么知道的？"她哈哈大笑着说："虽然，你从没有给我看过原稿，但我的记忆力忒好，你曾经在聊天中跟我提过一次！"我在屏幕这端羞红了脸，这是典型的偷鸡不成蚀把米，原来，半点虚假也会被人知道，我不由得对文友的记忆力起了敬佩之心，更对生活生了敬畏之心。

以前，在工作中谁要跟我说"吃亏是福"！我立马得顶回去："要吃亏你自己吃好了，我反正不想吃！"在学校里，我曾担任英语组的组长。这"组长"的帽子是校长硬扣在我头上的，我一点儿不想要。组长就是帮领导和组员做杂事的管家。我在顶了两年的"英语组组长"帽子后，发觉这帽子就是一顶破草帽，既不能遮风挡雨，也不能遮阳避寒，实属破抹布一块，需要你的时候，领导们就抓来你忙碌一会。不需要你的时候，就扔你在一旁。我每个学期开学前总去校长那儿请辞，他会舌灿莲花地让你识大体顾大局，在他强势的语言攻势下，我常常败北而归。在担任组长五年后，我硬起心肠，拿出胆量和气魄，与校长大吵一架，他终于拿走了我讨厌的"英语组组长"的帽子。

两年后，我可以评职称了。不过，发放到学校的职称名额向来是僧多粥少。够条件评职称的人需要把工作上各方面的材料收集起来，算积分，积分排名高者得名额。教育局新的职称评定规则发下来，上面有这样一条细则：担任教研组长的职员每年按 0.5 分累计加分。我共担任五年的教研组长，那么就可以加上 2.5 分。有了这 2.5 分，我的胜算太大了。

果然，我在参加积分的职员中，排名第一。校长看到我的分数时，很有君子风度的祝贺了我，他也不忘指出："当年吃的苦，如今都派上用场了，你没有料到吧？"我郑重地点点头，心里也暗暗地说："谁知道老天是这样安排的呢？"我做英语组长的时候，从学校到县里的评职称文件上，可没有一条规则写过，做英语组长在评职称中可以加分！经过此事，我更对生活起了敬畏之心，原来生活会在未来的时候，不经意间把亏欠你的还给你，做人确实需要有大格局。

后来，我读书，在陈丹青笔录、木心讲述的《文学回忆录》里，看到这样一则故事：木心讲述法国诗人拜伦，拜伦自称不读书，死后发现其藏书里满是注解。木心感慨："真是天纵英才！"我倒是觉得，老天又纵容过谁，你说过的谎、藏过的奸、吃过的亏……老天都明明白白，清清楚楚，只等一线契机，给被短时迷惑的人们迎头一击，让人们醍醐灌顶般明白，我们活在人世一天，就要对生活存有敬畏之心。

立夏的鸡蛋

转眼又到立夏，家乡有立夏吃蛋的风俗。婆婆念叨着："一年一个节，马虎不得！"她打算去市场上选乡下人家草鸡生下的鸡蛋，据说那蛋更美味，也更有营养。

中午我到家的时候，发现桌子上摆了四五只颜色各异的塑料袋，里面都装着鸡蛋。我诧异地问婆婆："买这么多鸡蛋，怎么吃得完？"婆婆乐呵呵地告诉我："哪里是买的，都是邻居们送的！"她指着黑袋子说："这是潘奶奶送的！"又拎了拎绿色的袋子告诉我："这是韩奶奶从老家带过来的……"婆婆嘴里的这些老人都是从乡下来，租住在这儿的。

我家小区东边是两排未及拆迁的旧平房，年代久远，破旧不堪，平房的主人们早已搬进了敞亮的高楼，一些乡下人为孩子念书或打工看中这平房租价的便宜，陆陆续续地搬进来。

平房里的人日子过得热闹、幸福、艰难还是窘困？高楼里的人们淡漠着，连一眼都不舍得瞥过去。婆婆是个善良、热情的老人，她在小区门口碰见谁，都要招呼一声，也不管别人给她的是冷漠的一哼还是热情

115

的应答。这些乡下老人搬来不久，婆婆就和她们成了朋友。对于人家的家庭故事，她也了如指掌。

潘奶奶的儿子不到三十岁就患白血病去世了，儿媳妇改嫁远方，留下一个四岁的小孙儿，一直由潘奶奶老两口拉扯着，今年已经七岁。老两口瞅着村上有钱人家的孩子都进城读书了，靠土里刨食的潘奶奶和潘爹爹咬咬牙，也带着孙子进城来读书！婆婆讲的时候，老公和我也跟着感叹，他们的日子真不容易！我们有心要帮生活却不允许，只是工薪阶层的我们，房子的贷款要还，孩子的教育费用、两头父母的生活费……我们也就没有伸出过援手。

今天潘奶奶却给我家送来这么些鸡蛋，怎么能让人心怀坦然？想必婆婆跟我们一样的心思，她急切地说："我要给钱的，潘奶奶怎么也不肯收。"她一个劲说："你肯把我当个老姊妹很好了，要什么钱？要什么钱？"

韩奶奶最喜欢和婆婆一起出去逛街，婆婆教会韩奶奶过马路要走斑马线，红灯停、绿灯行，给不认识字的她介绍路标、商场名字，一起去幼儿园给她的孙子签名……两人像亲姐妹一样好！

老人们趁着立夏这个节气给婆婆送来这些鸡蛋，是她们真心的回馈，是婆婆对她们的尊重、热情和友谊赢得了她们真心的感激。

明天也许是个晴天

　　白日里零星地下了一点雨，晚上，天上一颗星也没有。夜黑得浓，像一块密实的黑布裹挟了小镇。小镇的医院亮着几盏日光灯，灯光跌进黑夜里，若水珠滴落在黑布上，看不出原来的生机。医院里只住着不多的几个病人，他们稀稀疏疏地就着这昏昏的灯光，悄无声息地躺在病床上，或睡或醒，都是些不要紧的病，要不然也不能待在这小镇的医院里。

　　值班室里的护士，正埋头填写着表格。走廊上突然传来一声刺耳的尖叫，把这宁静的夜晚划破，竖起耳朵细听，有人在吵架，声音浪头似的，一声高过一声。两个陪房的家属轻轻开门出来。果然，两个男子在吵架。一个矮瘦，一个高胖。矮瘦的不服气地叫喊："你想打我？"高胖的本来已经准备离开，被矮瘦的一叫，火上浇油似的腾腾的又折回身来，他对着矮瘦男人叫嚣："你以为我不敢打你？你一点责任心都没有，就知道喝酒，你按时按点给老娘送点吃的，不成？"矮瘦男子只是抓这一句："你想打我？"高胖男子激动起来："我就打你！"咚，一拳擂上来！这一拳不仅打在矮瘦男子的身上，也打在一旁围聚人的心上，心都突突一颤，没指望真打起来，赶紧纷纷上前拦住："有话，好好说！"

护士从值班室里奔出来，人群主动让开，让胖胖的中年妇女模样的护士上前去，她一手拉着高胖男子，一手护着矮瘦男子，柔和劝慰："有话好好说，你们是什么关系？"高胖男子气哼哼地数落："他给老娘送个饭的心也没有！"高胖男子说完，一甩衣服像只骄傲的公鸡，走了。矮瘦男子身子抖瑟得似冬天风中的芦苇，满含委屈诉说："我们是弟兄，我是他大哥，你们看，他就这样对我？"

这如戏的一出，旁人心里也理出个头绪来了，原来是弟兄俩，老大是孤单一人，好酒。老二有家有业，但性格暴戾。老娘生病，老二觉得他出钱，老大就应该出力，一分都不能多付出。看来这弟兄俩都不是顶天立地的男子汉。

他们的娘也知道了这弟兄俩的闹剧，她不能走路，坐在病房门口，一动也不动，暗自垂泪。老大跑她那儿去："妈，他打我！"她说："你就不能不喝酒吗？算了吧。"他还是纠缠着对她说："老二就是欺负我一个人……"他娘终于被他逼不过："明天，我就回去，再也不待在医院了，让你们闹……"

护士又赶来，她说老大："你陪陪你妈，不要再说这些没用的话了。"接下来她劝慰老人："不给你看好病，我们也不让你走呀！"老人看到护士，安静下来，她抓着护士的手，感激地说："得亏你们，要不是你们这些天嘘寒问暖，送茶送药的，我这日子可怎么过？"老人未干的眼泪又掉落下来，护士赶紧从口袋里掏出一张面纸给老人拭去眼泪，嘴里宽慰她："应该的，你好好配合治疗，病要治不好你不更难？"老人点点头，静下来。护士搀扶着老人，把她送到病床上，轻轻地给她盖好被子。老人灭了灯，窗外的夜色不再浓黑，有月亮要升起的模样，明天也许是个晴天。

拍着翅膀飞来飞去的"老乡情"

公公在饭桌上,给我们开讲。三十年前,他们一行人乘火车从上海出发去广州。在火车上,公公和同伴热火朝天的讲话,一旁忙碌的列车员插过话来:"听口音,你们是湖城人?"公公和他的同伴们连连点头说是。列车员兴奋地说:"我老家也是湖城的!"此后,列车员就把公公一行人当着家里人一样。她嘱咐公公他们,有需要就喊她。在忙碌的间隙里,她不时送茶送水给公公他们。

公公他们临时打算到广西桂林站下列车,去著名的桂林山水游玩一番。他们下车后,列车员跟着下车,她陪着他们,一直送到车站出口,才挥挥手恋恋不舍地回转去。列车员对待他们这行人的举动,让公公怀想了三十多年。一说到老乡情,他就忍不住拿出来回味一番。公公讲述的故事,不由引我浮想联翩:离了故乡的人们,像飞出窝巢的鸟儿,有些鸟儿专情、恋窝巢,一旦见到故乡人,便像鸟儿见到枯枝,毫不犹豫飞来,亲亲热热地停落在上面。

人如鸟儿,有人恋故枝,却也有人如杜鹃鸟,孵育寄生,让别人代孵化，盘剥别人为自己所用。

老公带着我去上海检查身体，临行前，我们和上海的舅舅舅妈约定好，会在舅舅家临时落脚。我们抵达上海时，正是日暮时分，车站外面是乱纷纷送客的私车，我们大踏步从这些私车主面前走过，一位中年男子紧跟了过来，他用蹩脚的普通话问我们："要不要车？"我们不理他，他听了我和老公的对话，立即说："听口音，你们是湖城人呀？"我俩老实回答："是的！"他立马把蹩脚的普通话切换成方言，兴高采烈地说："那我们是邻居啊，你们是湖城人，而我是淮城的，我们都是苏北人，老乡啊！你们说个地，我看能不能给你们优惠些！"我报出舅舅家所在的地方。他说："别人的话，车价一百五十，你们是老乡，价格减去小半吧，八十成交。"我刚想同意，但想起舅妈的嘱咐："私车贵，那些乱要价的车不要乘，到我们这坐的车四十元！"我俩朝那位老乡摆摆手，站在路边专心等候的车。那位"老乡"却跟苍蝇似的我们身边嗡嗡地叫着，喋喋不休地问："那你们说，多少钱？"我把舅妈嘱咐的价格说给他，他连连地说："太少了，太少了，再加点，是老乡才好心好意要送你们的，但你们也不能让我赔本啊……"恰好一辆计程车来到我们面前，我俩爬上车，到了舅妈家的住处后，看计价表，果然是四十元。

到了舅妈家就把这一路乘车情况告诉她，舅妈说，老乡情就是有些私车主的幌子，专用来蒙骗人的。舅妈又说，她请了她的表弟媳小徐陪着我们逛上海外滩、城隍庙、南京路……

舅妈是我们苏北人，但她家的一众亲戚盘踞上海多年。其时，她刚来上海，其他亲戚都不待见她，唯有这位来自宿迁的表弟媳最重视老乡情，时常来看她，陪着她。这位小徐还极有本事，知道大上海哪里吃得又好又便宜，哪里买东西又漂亮价格又低。

果然，小徐如约来找我们，方向感不好的舅妈、外地的我们就靠小徐热情地领着，在繁华的大上海尽性徜徉。

　　等我们离开了故乡，见识了千人千面，也就明白了念叨着"老乡情"的人们确如拍着翅膀飞来飞去的鸟儿，有人用真心守护这份乡情，有人却淋漓尽致地盘剥那份乡情，人的"森林"从来不简单。

隔"河"喊话

　　一位家长来找我，她开口的第一句是："老师，你收了我家孩子的校服钱，怎么还不退给我？"听她如此一说，我想起上学期的校服收费事件。学校采用的是自主征订校服的方案，先是让班主任把校服人手一套发放下去，学生把校服带回家征询家长意见，如若家长不愿购买，就把校服带回学校退还厂商，愿意购买的，则交上七十元给班主任，由班主任代收交由学校会计，学校再去与厂商结总账。

　　据她讲来，孩子已把校服退还我处，又交了钱。我略一思索，就发现了这事情的逻辑错误：如果孩子把校服退给我，按照学校的规定，我是不会收他任何费用的，怎么有退钱一说？我从柜子里翻出上学期的班主任工作笔记，认真地查看收费记录，上面分明没有记下她孩子的名字。我对她说："也许，你的孩子并没有缴费给我！"她一口咬定："我分明给了他七十元钱，他不交你？还能交谁呢？我一直等着你退钱，但你总是不退，我早就想来找你了……"她的嗓门很大，说话像放小鞭样噼里啪啦地炸起来。办公室里的同事们都停下手中的事务，看着我们。我

122

急得面红耳赤，我的工作笔记上分明没有记下她孩子的名字，这不仅是七十元钱的事，更关乎我作为教师的操守。

一位同事提醒我："把她的孩子叫来问问！"小男孩进入办公室后，他妈问一句，他就点一次头。他接二连三地同意他妈妈的话，那情状似乎我确实收了他的钱。又有同事出主意："把小男孩周围的同学全部叫过来！"来了一大批孩子，我问孩子们："你们中有人记得他交费给老师了吗？"其中一个黄衣服的小女生立即说："他把校服费给弄丢了！他当时害怕他妈妈会打他……"事情就这样水落石出。那位妈妈从理直气壮变成了哑口无言。她不发一言，离开了我的办公室。

我有些诧异这七十元钱的事，本应是个教育孩子的契机，最后为什么演变成街市吵架的状况？也许，她早就在我和她之间划定了一条宽阔的心河，她一直站在"心河"的那面朝我喊话，她根本不想与我站在一个河岸上，尝试着教育"落水"的孩子吧！

此事之后，我常常告诫自己，不要自以为是，朝着人隔"河"喊话。

吃了宴席回来，已临近九点。在拥挤的餐席间，身上出了汗，又沾染了烟味、酒味真是想立刻用温水冲拂去，打开太阳能发现没有一丝儿热水，决定去家附近的浴室洗澡。小地方的浴室，九点就要关门。我和婆婆去的时候，发现果然人影稀薄，寥落的三两人，等我们进去后，那三两人也出来穿衣。我、婆婆、孩子三人不无欣喜的在阔大的浴室里洗起来，感觉分外自由。

不料，一小会儿后，外面有人催促我们洗快点。我看向那人，并不是浴室老板娘，是浴室里的搓澡工。她催第二次的时候，婆婆毫不犹豫朝她发了牢骚："催什么催，洗澡也不让人好好洗，又不是你家开的浴室！"我赶紧在一旁劝慰婆婆让她少说两句。搓澡工过了三五分钟就进来晃一圈，给我们一个毫无生机的苦瓜脸。婆婆等她一离开就悄声对我说："一定是看我们没让她搓背，所以就催我们快点！"我对婆婆的意见同意一半。

　　也许还有一个重要原因，恐怕是我们和她之间隔了一条心河，谁也不愿站在对方的岸上去。我出去穿衣服时，面带微笑地说："你是不是早该下班了？今天我们来迟了，也是因为家里有事儿，以后不会迟，也不会耽误你下班了！"她那张枯木般的脸，立刻逢春了一般，露出生机，她说："是呀，我九点就该下班了。你们洗，用多少水都与我没关系，那是老板的事儿，但我负责最后的清扫。今天都十点了！"我赶紧斩钉截铁地说："今天真耽误你的时间了，下次再也不这么迟了！"互相这么一解释，她脸上终于风和日丽起来。

　　如果，我们真能站在对方的岸上，看到对方的难处，互相之间再大的心河也能过去。

被职业雕琢的气质

彼时，老公和我都还年轻，一次晚宴后，他的心口部位突然绞痛起来，同行的友人慌忙送他去医院，医生诊断为胃痉挛，嘱咐他常添衣物，注意保暖不要受凉。可是即便他穿得比常人多，那心口部位的疼痛却常常来造访他，且疼痛发作的频率越发频繁，全家人不敢等闲视之。我们去了他哥哥在的医院，医生建议老公，用胃镜、肠镜作身体的全面检查。

老公做无痛胃镜的时候，我在一旁陪着，看见那根细长的塑料管从他的嘴里慢慢伸入身体中，在他的身体里搅动着，我双手扶着毫无知觉的老公，眼睛却盯着一旁的电脑屏幕，屏幕上出现鲜红的肉、清晰的经脉，而这代表什么状况？未学医的我分明不懂得，只好暗暗留心医生的面孔，观察她的脸上有没有出现讶异的神色，自己在心里评估着老公胃的健康状况，但是医生的脸色一副无风无雨的样子。另一台电脑前，另一位医生也面无表情地告诉家属，需要"切片"分析。

那些话语，听到我耳朵里越发慌张，我老公的胃需要"切片"吗？

医生检查了多久，我就像在黑暗洞里煎熬了多久，惶惶不安感充斥于心，等医生宣布不要切片，只是普通胃炎的时候，我感觉自己一下子爬出了黑洞，看见了亮。

又过了几天，我陪着老公去做无痛肠镜，进入手术室，医生给他注射了麻醉剂，他又变成了毫无知觉的模样，我的心像擂鼓样怦怦地乱跳，医生嘱咐我扶着老公的身体，我扶着他，自己却抖索得像风中的叶子。老公的哥哥见状，冷静地说："你出去，让我来！"我悄悄地站在门边，看见哥哥一边扶着老公的身体，一边与做肠镜的医生们随意说着有关老公脉相的话题，他安静淡定，一点也不慌张。

哥哥他未必不为老公担心，但医生的职业，雕琢了他冷静的气质，喜怒不形于色是一个医生必备的素质，也是绝大多数医生的气质。

等我第一次与我敬重的部门领导的夫人见面后，我就更确定了，一个人的气质会被他（她）的职业雕琢。领导身材高大，不苟言笑，沉默纳言，偶尔说一句话直击话题中心，他显现出的气质，毋庸赘言，是典型的机关工作人员的样子。他的夫人，娇小玲珑的个头，素面朝天，一张白皙的脸，细细的弯月样的眼睛，满含笑意。第一眼，我就喜欢上她，她身上有可亲的气质，我敞开心扉，无所顾忌地问她的年龄，她果然也丝毫不生气，没有犹豫就告诉我："我马上就五十岁了呢！"我大吃一惊，她竟然年届天命之年，她的面貌与年龄不相符合。事实上，岁月并不厚待女人，我身边许多女人都是超出年龄的显老，她凭什么这么年轻呢？

经过一番倾心的交谈，我醍醐灌顶般明白了她这年轻可亲的气质哪里来？原来，她是一名幼儿教师，她整日与孩子们打交道，她又是极富爱心的，把每一个孩子都当成了自己的孩子，常常拥着抱着那些可爱的孩子，她作孩子们的老师妈妈，又作他们最知心的朋友，孩子们亦回报她全心全意的爱。听她讲，孩子们在家里只要吃到好东西，都会给妈妈说："我要留一个给张老师！"班级里一个叫豆豆的孩子被爸妈带着去乌镇旅游，爸妈买了一块芡实糕给他吃，他自己不舍得吃，非得留着说给张老师，豆豆旅游一回来，就把那条芡实糕当宝贝般抱着，带到幼儿园里来，放她手里。她整日里面对着一颗颗澄澈温暖的童心，在这样简单清明的童心世界里，她整个人也变得单纯干净，有了纯洁温柔可亲的气质。

等看过千人千面，我越发觉得，一个人的气质被他（她）的职业雕琢，一个游手好闲的人的身上绝不可能显现出职场精英的气质；一个靠啃老为生的人身上也绝不可能显现出自强自立的气质……大多时候，他（她）有什么样的气质就是什么样的人！

你是主角，他们只是观众

　　一位要好的友曾在我身边，泪眼蒙眬地讲述她遭遇的尴尬。小城里组织了成人合唱团，相貌姣好的她被选中，代表单位去参加合唱团。合唱团要在五一节时汇报演出，合唱团的指导老师是个颇有创意的人，她要求演唱者们，整齐地做出高抬手臂的动作，增强歌曲的气势，然而，好友的一只手臂怎么也举高不到指定的高度。

　　她的手臂不能自如地挥举，是源于年幼时的一次摔伤，骑车途中，她一不小心就摔了下来。其时，家里经济窘困，父母为了生活整日愁容满面，吵嘴斗气。她是个特别懂事的姑娘，不愿增添父母的负担，强撑着说不碍事，尽管父亲也积极地询问过她，问是否要去医院？但她斩钉截铁地说："不用去！"父母就没往心上去了。过了一段日子，她的手臂一如往常可以干活做事，但是她再也不能平直地伸举到高处。她偷偷地安慰自己，又不是要去做举重运动员。没料到，多年以后，这只手臂让她尴尬了。

　　我安慰她："没什么大不了的，那些合唱团的成员，即便看到你的手不能举高，又怎么样？生活是一部剧，你是自己生活的主角，父母亲朋算得你生活剧里的配角，合唱团里偶尔相逢的陌生人，他们只是观众，你要看着观众的脸色，来演生活的剧本吗？"听我如此一说，她不再伤心。每个人都在生活的剧本里，做主角上演悲喜剧，她摔伤之后强撑着不去医院，那刻是悲伤的，但心疼父母，为父母省钱的那刻她又是快乐的，生活的剧本是落子无悔，没有彩排，不能重新来过，不能因为旁观者的眼光，就把自己和自己有滋有味的生活，恨不得打翻重来。

在女友的讲述里，我亦想起自己的尴尬往事。

我去车站接妈妈，她去安徽看望她的儿子媳妇孙女回来了，这是她这辈子第一次出远门，独自一人离开乡下的家，去城里。当我接到她，和她一起乘坐上回乡下的班车时，她抑制不住自己的兴奋，给我讲起她此行的见闻。

她的儿子和媳妇在安徽的一个繁华城市里，承包了一个食堂，里面有二百多人吃饭。她瞪大眼睛兴致勃勃地给我说："你不知道那食堂有多大，吃饭的人有多少，你弟他们忙都忙不过来，小卖部整天都是人涌涌的，人头靠人头！"

接着她显摆，她儿子和媳妇待她有多好，她去的第一天，她媳妇就特地领着她去饭店吃饭，吃了一千多块。

她在那住了一个月，她媳妇天天给做好吃的，饭菜日日不同样，红烧狮子头、冬瓜排骨汤、花蛤汤……都是一大盘一大盘的端上桌来，吃不完就倒掉。

她身上的衣服也是她媳妇从网上给买的，买了几套，又便宜又好看。她媳妇也不要她干活，让她只管吃饭、休息。

儿子和媳妇不愿意她回到乡下去，但她自己一定要回来。于是儿媳妇就嘱咐："妈，你回家要吃好喝好，尽管去家门口的肉摊上买肉吃，钱要不够用就先欠着，等我回来给你还上！"

......

　　她就这样用铜锣样的嗓门说了一路，我专心地听着，时不时地附和她几句。一车上的人都寂寂的，一言不发，都把眼光盯着她，她似乎毫不在意，我也不制止她的显摆。偶尔，我扫了扫车上其他人的面庞，年老的人都笑眯眯地听着，年轻的人大多一脸不屑，中国人有一点好，有些喧闹是能接受的，不像外国人，要安静，要私人空间。我知道妈妈的快乐迫不及待地需要我来分享，车上其他陌生人算得观众。我知道车上年轻的人一定会在心里腹诽："这老奶奶可真是刘姥姥进城，土得一塌糊涂啊！"但我不会因为这些观众的撇嘴、不屑神色就阻止我妈继续说下去，由着她兴奋的一路说个不停，一直到终点站。

有邻

他是我的左邻。从头说起，左邻夏大爷夏大妈老两口年轻的时候不能生育，领养了他和小青。他是哥，小青是妹子。一个女儿，一个小子，凑起来就是一个"好"字。

天有时不太遂人的愿。婴儿时的他白白胖胖，夏大妈老两口满心以为他会长成天庭饱满、地阁方圆的富贵样子。然而长着长着他变了体态，一副瘦不拉叽的鸡架子身材，螳螂似的手臂上青筋暴露，一只眼也长坏了。送他去读书，夏大爷兴致勃勃地问放学的他："老师上课讲了什么？"他说不出个所以然来。等到期末考试，卷子上空空，白水荡似的，老师气愤地说："带家长来学校！"夏大爷回来了一顿暴风疾雨地揍，再考，红湛湛的六分灯笼似的高挂在试卷上，夏大爷两口子也懈怠了一颗指望他出息的心。好容易熬到小学毕业，他像从牢房里被释放再也不肯去读书。

夏大爷家干得是水上跑运输的营生，等到十八九岁他跟在大爷后面站站船头，起起锚，搭搭跳板。日子如水不停向前，到了找媳妇的年纪。

相了一船装的姑娘，人家都不待见他。月老没有疏忽自己的职责，到底送了一个姑娘来，红高粱似的结实粗壮，眉浓大眼的，只是脑筋不够伶俐。他们俩常吵架，夏大妈倒不偏袒他，我们常听大妈呵斥他的高声："你就不能让着她点？"他进进出出也从不因为吵架甩冷脸，因此我们四邻觉得他们家虽然吵吵闹闹，但也有一种人丁兴旺的圆满。

突然一日，夏大爷夏大妈老两口泪水涟涟从门前过。原来，他被带到派出所去了。他吃了文盲的亏，不知道公路上的电线是国家财产，偷盗电线是触犯法律的。他只是想剪两段电线从废品回收站换回两瓶酒钱，被派出所的干警当场抓住，一审问，以往竟然有数次这样的行为，于是被判了刑。他被送到离家很远的农场去劳改。他的媳妇，娘家来人带走她，留下签了字的离婚证书。

那天，噼里啪啦的爆竹声震天响，是他从高墙里回来了。

夏大爷患了胃病，小水泥船卖了，不再做水上生意了，他回来就在家里静养着。夏大爷到处托人求人，终于有一家服装厂愿意招他做门卫。一个月后，厂里听说他坐过牢，不肯要他。

夏大爷老两口买了一辆三轮车让他去载客送货，这一次，他老老实实地干上了，每个月也能挣得两千块交到夏大妈的手里。又过几个月，他兴高采烈地在车上装上音乐，每天黄昏时分老远里就听到三轮电动车哐当当的声音夹着凤凰传奇的《荷塘月色》："我像一条鱼儿，等你在水中央……"我们就知道他回来了。他一路摇着铃铛，粗声大嗓地跟四邻打招呼，回家稍稍收拾，就端了只蓝花粗瓷大海碗出来，那高过鼻头的一碗饭菜总让人嬉笑他是饿鬼投胎，他一点不在意，只管乐呵呵地对四邻讲他一天的奇闻乐事！

右邻总结："这一圈子人，每天过得最喜乐是夏大国！"我看着他进屋的背影，想起胡兰成在《今生今世》写："下王人家做亲，嫁妆路上抬

132

过，沿村的女子都出来看，虽是他人有庆，这世上亦就不是贫薄的了。"
邻人能过得这么快乐，我们不仅不好意思计较自己的辛劳劳苦，还在心
头另生了一番感慨，日子，只看你怀揣一颗怎样的心来过？若是不嫌不
弃不争简单无求，尘世什么样的日子都如天晴月圆般明亮和美好。

洗澡

　　去洗澡，我去的是那种最普通的公共浴室，一个大间，十五个水龙头排列在墙壁四周。东北转角处有一只水龙头，水流猛，水龙头的上方还安装了一盏节能灯，灯的光线不亮，照耀下来像照相时特意打的光圈，恰好照亮了这支水龙头所在的地方。其他的水龙头则都隐在灯的余光里，暗暗淡淡。

　　我去浴室时，才三两人。她们各自站在暗地里冲洗。我径直走向东北亮处的水龙头下，连飞蛾都知道赶个亮，何况人乎？渐渐的，来洗澡的人多起来，人们源源不断地涌进这间小小的浴室。是周末，当然人流如织。

　　当每个水龙头下都站上了人，再进来的人就开始借水龙头。奇怪的是，人们纷纷跟我开起口来。最先是一个端着船型桶的年轻妈妈，她跟我商量："先让我等点水，给我家宝宝洗一下。"谁家都有孩子，孩子在浴室里不能待过长时间，我赶紧让开，让她放了满满一桶水端走。我刚把头发淋湿，准备洗头，又来一位中年大妈，她说："姑娘，我刚进来身

134

上有点冷，让我冲会，行不？"怎么能不行？大妈要真冻了身体，我良心不安啊。大妈上上下下一通冲洗之后，掏出了擦澡巾，移去一旁擦洗身子，我挪上正位，正洗得开心惬意，又来一位要等水的年轻姑娘，她这是要给她行动不便的奶奶洗。冲着姑娘的孝心，我又让了。

我心里只是奇怪，她们为什么都借我这里的水龙头等水、冲洗？略一思索，我就明白了，还不是因为我这水龙头处在灯光下，亮亮堂堂，水流又迅猛，哗啦啦地淌。那些与我差不多时候进浴室，选了暗淡光影里细水龙头的人，她们都洗完澡，开始收拾东西，打算出去了。我这澡才进行到第一步，光洗了头。我赶紧四目逡巡角落里哪位洗好，转移到她的地盘去，亮处好地儿让给别人吧。这次，终于太平了，虽然光线暗点、水龙头的水流细点，但没人来借我的水龙头，我也很快就洗好了。

难怪老祖宗早就有这样一句"祸兮福之所倚，福兮祸之所伏"，连洗个澡，都能看出这个理！

小镇上又开了一家浴室，那家浴室所处僻静，平常去洗澡的人并不多，我常常舍近求远去那里洗澡，一个公共的大间，里面常常是寥落无几的人，在那儿洗澡，会让人产生畅快惬意的心情。

不过，要是恰逢春节前夕，再偏僻的澡堂也成了闹市，去外面打工的、上学的人都回乡了。那间平日空旷的浴室就好像摩肩接踵的菜市场，人们呼朋引伴抢占水龙头，偶尔还会争吵起来。

今年的春节前，我和婆婆一起去洗澡，我俩去得早，其时还没有几个人，我与婆婆一人占了一支水龙头，渐渐的人多了起来，我打定主意，随时把水龙头让给需要的人，瞧着涌涌进来的人，各个都跑去熟人的水龙头下，嘴里叫道："大姑，你也来洗澡的，伙用伙用啊！（我们这里的方言，意思是一起用。）"一支水龙头下要站上四五个人就像结了一大串葡萄。

我洗完头后，站在水龙头下一边冲洗，一边看着出出进进洗澡的人们，一个高个的中年妇女进了浴室，她站在浴室中央的位置，逡巡了一圈，谁也不认识她，她也不认识谁，只好白站着等着，她那模样像一只孤单的长腿鸬鹚。我大声叫了她："大姐，你来我这里洗呀！"她彷徨的脸上立刻绽开了笑花，她兴冲冲地挤过来："太谢谢你了！"我朝她摆摆手，挪到一边去擦洗身子。

等我擦洗完，看她一个人在水龙头下洗得正欢，便也不打扰她，去我婆婆的水龙头下蹭水用。婆婆见我来，赶紧让给我洗，自己站在空地上等着。这时，出乎我意料的事儿发生了，那位大姐，竟然也像我当初做的那样，招呼我婆婆说："奶奶，你来我这里洗，我让给你洗啊！"

我看着这一幕，不由得吃了一惊，原来，我们给予出去的还是会回报给我们。这洗澡也让我悟道了，真是如庄子老人家说的那样，道，无所不在：在蝼蚁，在稊稗，在瓦甓，在屎溺。人世"善出者善回，爱出者爱返"之道，处处存焉。

生活启示录

　　我要赶车去。我要从小镇坐班车赶到城里的小学听课，七点半签到，车程是四十分钟。我跌跌撞撞、匆匆忙忙地赶到车站，车那种家伙总是逼得人们与从容两个字绝缘。那辆漆成扎眼鲜绿色的13路公交车果然留给我一个轻倩的背影。我明知绝无追上它的可能，但脚下仍然不由自主地飞奔，心里想着："快七点了，该迟到了，活动组织者会以为我们学校没有派人来。"这么一想，我奔跑得更快了些。又一辆绿皮公交车从后面呼啸着过来，看到我，车戛然而停。司机在车上大叫："是不是要进城？"我兴奋地点头。司机一脸救人一命胜造七级浮屠样："赶紧上车！"我气喘吁吁地爬上车，瘫倒在座位上发问："刚有一辆车过去了，不是说二十分钟一个班次，你的车这么快就来了？"司机说："我是从家里开出来办事去，没到我的档期呐，看见你挎着包在跑，估计是要赶车，有意捎你一段。你会赶上上趟车的，别急！"

　　果然，他车上空无一人，三分钟后，在小镇最大的公交站台，我看到刚刚错过的那辆公交车正在载客。我飞快从所在车上跳下，跃上快要开的那辆，跟掐着钟表算好了似的，乘着这辆车我如期赶到城里的小学参加了活动。在回程的空闲里，回想早晨赶车那一段，不由感慨，如果我没有奔跑，那位好心的司机师傅不会看到我，那么我就误事了。生活中原来可以这样因果，假如错过，不要留在原地让失望和遗憾的情绪裹挟，以奔跑的姿势继续等待，事情也许会柳暗花明。

　　一天，放学后，孩子哭哭啼啼地告诉我，她丢了姑姑送给她的新绒线帽。我问她："记得什么时候丢的吗？"她努力回忆："早晨上学的时候，记得戴着的，进校门后似乎拿了下来，然后就没有了。"我陪着她在校园里找了一圈，当然没有帽子的踪影，谁知道这帽子去哪儿云游四方了？我只好许诺会给她再买一顶帽子一边陪着伤心的她慢慢走出校门。同事香香老师恰好从她的办公室出来，她看到我们大声问候起来："怎么你们也走得这么迟？"我指着孩子说："给她找帽子去了，新买的帽子丢了，她正难过呢！"香香笑容爬上脸："今天早晨我在教学楼西楼梯口就捡到一顶帽子，红蓝相间，上面有一只黄色大绒球。"孩子快乐地叫起来："阿姨，是我的。"香香大笑："我给放在班级的讲台上，还让孩子们互相询问是谁丢的？你们去拿！"就这样，帽子又回到了孩子身边。

　　把我们正悲伤或者失去的告诉信任的朋友，也许，收到的不是嘲讽、讥笑和失望，真心的友人们会帮助我们重回当初的安然幸福中！这是一顶失而复得的帽子带给我的启示。

　　年岁越长，经历越多，越觉得生活是位睿智哲学的老人，从来不言语，却把一切要说的都教给了我们。

北风凉，人心暖

风到了冬天突然穷凶极恶起来，似乎什么也不能使它满意，它一边发出困兽般声嘶力竭的吼叫声，一边撞墙、摇树、掀门帘子、往出门人的身上、脸上扑来。人们裹紧衣服，缩缩脖子，低了头向同伴嘟哝着："这呼呼的北风，冷死人！"脚步越发快了，紧赶慢赶，往那个叫"家"的地方去。

家是什么样子的？彼时，我还在母亲身边做快乐的小孩，酽冷里推开家门，发如墨汁一样黑的母亲迅即放下手中事务，快步走到我身边殷切地问："孩子，冷不冷？来吃饭！"她去锅灶上端出热气腾腾的饭菜，在我的大快朵颐中一直跟随着的"冷"终于退避三舍。

我像鸟儿离巢去远方。家就变成了母亲一个人在的地方，等我在冬日回去看她，她的发变成了冬天天空一样灰蒙蒙的颜色。我一进门，她就围着我转悠，问我："冷不冷，饿不饿？"她不顾我不冷不饿的回答，只管蹒跚着给我又一次端上热气腾腾的饭菜，一如从前小时候。

我要走之前，她盯着我的脚说："你脚上的皮靴暖和吗？妈妈给你做了一双棉鞋！"她的眼睛老花很久了，棉鞋是怎么做出来的？我看着她从抽屉里捧出那双小碎花鞋面的老棉鞋，赶紧换上，脚上立刻生暖，这份暖意让我的心里也暖洋洋起来，有母亲的冬，真暖。

出了门，北风一阵紧似一阵，是要下雪了吧？果然一场鹅毛大雪纷纷扬扬的应时飘落，第二天清早起床，屋外好一个银装素裹洁白无瑕的世界。雪让人领略到大自然的那份诗情画意，却也让烟火凡俗的人们抱怨起出行的不方便。生活在继续，大人要上班，孩子要上学，我们小区的路被大雪覆盖，又是破落小区，没有物业打理，前些年的冬雪天，有老人摔断腿，身强腿健的年轻人也摔了个仰八叉的事故，提到雪天出门，真让人心惊胆战。

时钟分分秒秒不停歇，上班时间到了，我们大无畏地拉开门，门口光亮亮的一条水泥路。邻居陈医生正使着铲子把雪挥到路边去，看他满头大汗，扫了自家的地段，又忙着扫别人家的。大伙儿吆喝着要帮忙，我走到他面前想接他手里的铲子，他笑着谢绝我："你赶紧去上班，我今天轮休，反正在家也没什么事。"他这么一说，大伙匆匆往单位赶。走在路上，我心生感慨："谁说现在的人精明计较，只管自己瓦上霜，不管他人门前雪，我家的雪可不是被别人扫了？"这样想着，虽然外面冷，但心里却像燃起了一膛熊熊的炉火。

北风呼呼唤来的冬，霜雪交替着来，是难熬的，但总会有一些人让你的心在瞬间暖和起来，让你觉得再寒冷的冬也没有什么！

没有圆满的善良

办公室里有四个人，小娜、丽丽、老茆和我。五十多岁的老茆，突然开口说："你们能不能借几万块钱给我转个手？你们谁手头宽松借个数日，我老茆感激不尽！"小娜是个未婚姑娘，不知她有无积蓄？老茆的话她只当未听到，兴高采烈地给我讲起昨儿在网上与淘宝小二怎样斗智斗勇。丽丽平静自若地甩出一句："我在家不管钱，都是我老公在管，没法子帮你。"我也很想像丽丽那般洒脱地拒绝他："我家也是老公管钱，我摸不到钱边！"

但我一念起，想到老茆这辈子不容易。三十多岁的时候，老茆的妻子就患上了肝癌，没熬几个月就去世了，丢下了老茆和九岁的儿子。妻子去世后，老茆祸不单行又遭逢了一场重大的车祸，捡回了一条命。再以后老茆又娶妻，那女人不过是看上他的那点工资，与他并不齐心协力，他们时常把日子过得鸡飞狗跳。

好在老茆与我老公亦相识。我当着老茆的面，给老公打电话。他一口答应借钱给老茆。他在电话中告诉我，让老茆联系他，他一有空就去取钱。他建议和老茆一起去银行，钱的数目和真假，在银行柜台前面对面交付，一清二楚。我把老公的电话号码告诉了老茆。

老茆第二天给我老公打电话。其时，老公正带着女儿在疾病控制中心打狂犬疫苗针。老公说一到家就联系他。老公到家一边安抚女儿，一边吩咐我联系老茆。老茆在电话里回我，他在市场上搅肉呢，让我们等着他。我和老公哪儿都不去，就等着老茆的电话，这一等就是一个小时。老茆不急，我老公却急了，他说："老茆究竟要不要拿钱？再不去取钱，银行可关门了！"我看了下时间，再过半个小时，银行的人就下班了。我只好再打电话给老茆。老茆在那边悠悠荡荡地说："那你们出门去银行，我也去银行门口等你们！"

是零下十三度的极寒天气，我和老公缩头缩脑地出了门，等我俩走到银行门口，老茆的电话来了："你们还是回去吧，我今儿是来不及了！"我和老公面面相觑，抖抖索索，冒着寒冷往回走。

第二天，我接到老茆的电话，他气冲冲地问我："你老公怎么不接我的电话？"我家另一处房子的物业一早打来电话，物业说，据他们观察发现我家房子的水管冻裂，不停有水从房子里渗出来……我把情况给老茆复述了一遍，并解释道："他去看那房子了，他不接你电话，一定是在开车！"我又接着说："估计他今天是不能给你拿钱了！他要与那水漫金山的房子好一会儿斗争呢！"没料到，老茆倒在电话里跟我发飙了："你倒是实事求是点，我也有一大堆事没做呢！"老茆的言下之意，我和老公故意搪塞他，握着电话，我一口气憋在心里，说不出话来。

老公果然到了天擦黑才回来，我噼里啪啦把心中怨气向他倾倒了一番，老公是心胸阔大的人，一点没责怪我自己惹事上门，他还是怜悯老茆过得凄惨，隔天一早老公主动联系了老茆把钱借给了他，我没有陪老公一起去，我就盼着老茆像自己说的那样，不过是转个手，速速还钱，等他还了钱，我就跟他再不钱财往来。

善良放在良善的人身上才是圆满，要不然只会徒增烦恼罢了。

两位搓澡工

赴了晚宴回来，浑身黏黏答答。附近新开的浴室还没有关门，收拾了衣物去洗澡。穿过前厅，进入浴室，心上冒出喜悦的泡，偌大的浴室只有寥落的三两人。其中一位显然是浴室的搓澡工，她五十多岁的模样，瘦高个，高颧骨，一双倒三角眼，冷脸相。

我站在水龙头下面冲洗起来，先洗头发，一头长乱发洗完后，开始擦身之际，搓澡工进来催促我们："你们快点洗！"浴室里的我们仨谁也不理她，自顾自冲洗着。又过了十分钟左右，她又进来，大声催促："你们快点洗呀！"我皱着眉在心里暗忖："大大小小的浴室去过，倒是没见过这样催洗的搓澡工！竟好像在她家里洗，她心疼自己家的水似的！"身边一位比我后进来的中年妇女可没有好脾气，她放爆竹似的炸起来吼那搓澡工："催什么催，既然来洗澡了，不洗干净就出去了？"没料到，搓澡工分毫不让，责怪我们这三两人来得太迟。

我们在更衣室里穿衣了，坐在凳子上的搓澡工又向我们好一通抱怨，往常她九点钟就可以下班了，今天等我们洗完，她再收拾浴室，非得到十点半才能回家。她的这番话好无理，似乎是我们来迟她才无法下班，其实，分明是她与浴室老板的做工契约决定的。我们都默默穿衣，不搭理她的斥责。只见我们中间那位"炸药"脾气的中年妇人，急忙忙穿好衣服，出了浴室来到前厅，向浴室老板娘毫不留情地发了一通牢骚，问她请的什么搓澡工，是不是要把客人都撵干净？

我再去洗澡，发现浴室里新添了一位搓澡工。新来的这位，似乎年岁大一点，该有六十了。她胖胖圆圆的一张脸，脸上笑眯眯的，身体也跟一圆桶似的，胖墩墩。她手里不闲着，拿着拖把拖脏了的地面，拖完地就蹲下来捡拾被洗澡的人们扔得东一只西一只的拖鞋，又把人们随手掀开的柜子门一个一个关好。新来的搓澡工似乎更勤劳也更慈善。此刻，先前瘦高个的搓澡工，正躺在浴室的躺椅上闭目养神，跟个山大王似的。

我对一个小小的浴室里，竟请了两位搓澡工的状况很不能适应。不是说一山不容二虎，一根桩上不能栓两头牛的吗？浴室老板是要反其道而行之，如此做法，不会引发更大的战争吗？

听闻因为瘦搓澡工对待客人态度差劲，总是冷眼、冷言、冷语，招致数人投诉她。老板很想辞退她，没料到请神容易送神难，她却不肯走，愿意赖在这浴室继续干搓澡工的活！

一位慈眉善目的胖老人也来应聘搓澡工，老板索性也招来，好让先前那位知难而退。瘦搓澡工却并不放弃，老板也乐得做顺水人情，两个都留下。天生搓澡工是不需要发工资的，她们自己一天帮人搓几个澡就得多少钱。她们只需帮老板把浴室没人用的水龙头及时关掉，再打扫浴室里的卫生就所尽其职了。

先前几次，我去洗澡的时候，每次都看见瘦搓澡工躺在沙发躺椅上闭目养神，胖搓澡工，脸上挂着笑站在澡室的门口等着，只要谁一招手，她就立马进来，套上搓澡巾开始干活！

数次之后，我再去洗澡，就发现那位瘦搓澡工也站着跟洗澡的客人笑嘻嘻地谈论着客人的小孙子，她再也不躺在沙发椅上一个劲闭目养神地做地主婆状了，她的脸上也整日挂着笑容，看上去和善多了。

一次，我问胖搓澡工："你们两人就这样？"她回答我："是的，各擦各的！客人有人叫她，也有人喊我！"

当两位搓澡工一样待人和气，态度热情，人们就根据自身的喜好来选择她们，有人喜欢力道大些的搓澡工就叫瘦高个那位来。有人喜欢温柔绵软擦澡手法的，就招呼胖搓澡工。

我不由得佩服起老板的精明来，他的生意果然越来越好！

柳暗花明又一村

　　如果人世没有爱，我与这张老照片上的人应该八竿子打不到一块。这张有着"合家欢乐99年春节"几个烫金字的老照片上，是先生的姑父姑母一大家子。1999年，先生十七岁，他在照片外欢天喜地做客人，吃宴席。照片上前排端坐的两位老人，是先生的姑父和姑母，孙子孙女们簇拥他们而坐。后排中间是姑父姑母的两个儿子和儿媳，两边上分别是大侄子、侄媳和未娶亲的小侄。九九年的春节，先生的姑父六十大寿，合家亲戚齐聚去拜寿。姑父姑母一家人特别去照相馆照了全家福，分发给众亲戚，所以，我能在公婆的旧相册里看到这张全家福。

　　姑父原本是一个小镇上的农民，姑母嫁过去后，男耕女织，夫妻和睦，生了两男两女。家里人口众多，口粮却少，姑父穷则思变，去无锡学了模具铸造的技术。回来后，就在镇上的阀门厂做了工人。姑父挣得一份工资，姑母勤劳又种些田亩，日子倒也过得去。不过，随着孩子们日渐长成，姑父肩上的担子加沉，头一桩是造房子娶媳妇，两个儿需要造上两座房。好在，姑父遇事一万个不怕。他头脑聪明活络、为人豪爽，

146

不久，他被厂长相中，去干业务员的差事。精明能干的姑父走南闯北谈拢了多笔生意给厂子里带来了可观的效益。他的两个儿子也被安排进阀门厂做了工人，后来，相继成了家。

　　如果，没有遭逢变故，也许，姑父一家会一直在这个小镇上生活，过不富足但安定的日子。突然的，姑父四十二岁的弟弟患癌症去世。弟弟留下年轻无挣钱能力的弟媳，还有两个年幼的孩子，大的，刚刚二十岁，小的十几岁。眼看着，大侄子就到找媳妇的年纪了，他们是孤儿寡母，哪个姑娘愿意嫁进这个家门？

　　长伯如父，姑父又承担起另一个家的责任。他业务员的差事，不能养活这么一大家子的人，也不能完成弟弟临终的遗愿——两个儿子娶亲成家。姑父似乎有了新的打算，他往外跑得更勤快了。虽然是五十几岁的人了，倒似年轻人般挺拔了身姿，走路办事虎虎生风。时值国家鼓励发展民营企业，原来，他心中有了自家办厂的计划了，把孩子们都放进自己的厂子干活，再招揽些工人，热热闹闹地办个厂子，挣钱，过好日子。

　　一番奔波，吃辛受苦，在一个小城市，有人相中姑父的人品、才识，热情地给出土地和优惠政策，期待他在那里安家落户，建办他的工厂。年过半百的姑父带着全家人搬离生活了五十几年的小镇，去新的城，跑马圈疆。厂子建起来了，又慢慢地红火起来，像八九点钟的太阳蒸蒸日上。姑父的钱包也如月牙向满月的趋势鼓胀。他在那个城给孩子们每人造了一幢最时兴式样的小洋房。姑父的大侄子处了女友，是同在工厂里做活的女工。在姑父的主持下，四个孩子中，最老实本分的他，有了自己的小家。品貌端正的小侄子也了女友，只等他自己一个定心，姑父就对去世的弟弟都有了交代。

　　逢年过节，姑父归乡省亲。镇上人便笑谈："真是树挪死，人挪活。没料到老周家到后来竟这么兴盛！"有点墨水的老人又道："周老二年纪轻轻就去了，周老大又半百年岁，埋半截下土的人，都说老周家他们这一代总是没戏唱了。没料到，柳暗花明又一村。"话语里，人们都以为"柳暗花明又一村"是命运对姑父一家奇巧的安排。我以为，那是爱给予姑父的最高奖赏。

人生的考场不会辜负

当年，我是她的初中班主任，她是一个颇伶俐讨喜的小姑娘。再见她，她已长成一个乐观开朗的大姑娘，来我所在的小学做一名代课老师，她喜出望外地招呼我，把所经所历向我道了个明明白白。

读完高中后，她只考上了一所普通的大学，念了普通的专业。大学毕业后，像所有的年轻人一样，她心怀远方，宁愿在大城市里漂泊，辗转中小型公司，挣得五六千的月薪，用来租房、吃饭、买衣后便所剩无几，她便是人们口中的"月光族"。随着父母和自己年龄的增长，不知道从何时开始，她改变了最初的想法，她不再艳羡车水马龙、霓虹闪烁的城市生活。是父母独生女儿的她，回到故乡的小城，想在小城里谋得一份稳定的工作，陪伴在父母身边，过气定神闲、安静恬淡的生活。

为了过上理想的生活，她很快就付诸行动。她打算通过考试，实现自己的理想。她第一次报考的是小城的公务员职位，她白天在学校里代课挣得工资养活自己，晚上就翻开课本，在一盏孤灯下埋头学习。她不再呼朋引伴，参加聚会，她像上了赛场的马那样努力向前奔跑。逢到学校放假的日子，我们优哉游哉地去旅行，会友。她就去一家培训单位，参加封闭式的授课集训，每天学得天昏地暗，上厕所都要挤出时间来。假日结束后，我们红光满面，神情惬意地去上班，却见她满面菜色，像生过一场重感冒，她说都是日夜颠倒地学习，造成了身心紊乱。好在，公务员考试近在眼前，她吃的苦要到尽头了。考试的结果很快公布了，她落选了。

她却是个越挫越勇的姑娘，第二次，她报名想考取一家事业单位的会计一职。又是一番夜以继日，废寝忘食地学习，她再赴考场，三十多人参考，公布出考试成绩之后，她的笔试成绩名列第二，我们纷纷向她表示祝贺，以她的实力应该能一锤定音。然而，面试中她再次落选。第三次的报考，据她所言亦是以失败告终。整整两年过去了，这姑娘还在"考试"这条跑道上努力前行着，不知道这场马拉松何时是个尽头？

通往理想的人生的道路有许多条，我身边的人们常常选择赴考场，去考试。其实，人生像操场，"考试"那条跑道看似是最容易跑的，只有跑上去的人才知道，要经过怎样的千辛万苦？！

与她同龄的女孩子纷纷地恋爱了，又给她发来请柬，结婚了，生孩子了。唯她倔强，立下誓言，未立业之前不谈恋爱，不提婚姻。第三年，她赴别城招录教师的考场，这次，有着扎实的文化功底，又有着实际教学经验的她，以笔试第二，面试第三的成绩成功入围，考取了那个小城的教师编制，成了我们的同行，她想要的理想生活，没有太晚来到。

与我的这位学生相比，我远房表姐的赴考之路更让我钦佩，毕竟这位姑娘是单身一人，无事一身轻，可以全力以赴地奔赴考场。我的表姐是一所乡村中学的老师，家在城里，她结了婚，做儿媳、做妻子、做母亲挑着一大家子的担子。表姐十分希望自己能进城里的小学，陪伴在孩子身边。她每年的暑假都在备考，大门不出、二门不迈地学习，做试题，背教学大纲，一考就是六年，她把城里所有的小学都报考了一遍，然而，这六年她一次也没有成功过。孩子都已经升入中学了，不再需要她去小学陪读了。在第七个年头，城里最好的高中招聘语文教师，表姐抱着试试看的心情，再次报了名。这次，表姐竟然被县里最好的高中录取了。

看着身边的她们这一路的努力和最终的幸运。我不由得感慨，分数的考场也许有时会辜负一个努力的人，但人生的考场却不会辜负每一个不懈努力的人，再坚持一下，也许下一刻，你想要的人生就会出现在你的眼前。

第四辑　光阴的铁环

这光阴铁环啊，真让我们的生活幸福又忧伤。然而，它仍然马不停蹄地一路滚下去，也许它的意思就是让人们活一遭，跟在它后面体会人间这酸甜苦辣咸的滋味，活就要活得有滋味啊！

不会砌房的厨子不是好厨子

还有人记得做小孩子，在一个小村子里生活的日子吗？村子里几十户人家都种田为生，过波澜不兴的平静日子。热闹也有，是谁人家有红白喜丧事，请了外乡的厨子烧菜外加吹唢呐，唢呐声的嘹亮和那片纯净无涯的乡村天空一样动人心魄。唢呐声像集合令，村子的腿，粗壮的、细长的、短小的、有力的、老颓的无不纷纷跑去唢呐声发出的地方，红喜事便言笑晏晏，白丧事则庄严肃穆，自持又有礼。那时候，围观也是人们生活中重要的一件事。围观，主家人气旺了，自己生活里的寂寞被搅碎了。

我唤着三哥的青年，他不扎堆人群，只挨在厨房里，看外乡厨子做菜。厨房小，给外乡厨子打下手的七姑八婆嫌他碍事，让他站开去，三哥只当听不见。厨子切菜，松花蛋切成八瓣、海蜇丝切得细细的、牛肉切成菱形薄片……灶下添柴火的老婆子，被要求着，大火、小火、中火……三哥像个影子似的跟着外乡厨子忙忙碌碌的脚步，厨子到哪儿他到哪儿！厨子去给主家吹唢呐，他也在一旁死死看着。人们说他是个太爱看热闹的青年。

不久，将眠未眠的夜里，风隐隐约约送来断断续续的唢呐声。一夜、两夜、三夜后我就能确定那唢呐声是从三哥家里发出来的。母亲夸："三子聪明，自己竟然学会了吹唢呐，要不是他爸死得早，这孩子是个念书的料。"三哥的父亲在他五岁那年去世了，寡母领着他们弟兄三个过活。大哥二哥结婚成家后，只剩下年轻的他和母亲单过，母亲早像被榨干油的干瘪菜籽，拿不出什么，连送他去学一门手艺的钱都没有。

三哥白天去田里干活，夜晚就摆弄起那只褚红色木头身子的唢呐，唢呐声从断断续续变得流畅又悠扬，我时常在睡梦中都能听见那响亮的唢呐声，曲调有时喜庆有时悲伤。母亲一日夸赞："三子的唢呐吹得比外乡人好听！"

三哥的大伯要过五十岁生日，他们去请熟悉的外乡厨子，厨子竟然早早被人家订下。全家人不知道去哪里再找一位又会吹唢呐又会烧菜的厨子来，三哥自告奋勇，要求一试。大伯心里忐忑，但冲着侄子的一片孝心也放手让他周全。结果却是众人喜出望外，菜做得好，唢呐吹得嘹亮悠扬。

自此，三哥成了村里的厨子。

我家的红白事也都是请他操办。他成了村里最有本事的男青年，许多姑娘冲着他那嘹亮的唢呐声生了爱慕之心。他与村子里最漂亮的香云姑娘结了婚，一年后，他们生了个白胖大小子。后来他们还砌起了青砖连院带天井的瓦房，瓦房之敞亮干净也是村庄里数一数二的。

光阴快，三哥家抱在手里的白胖小子，会走路，上学了……日新月异的变化使村庄里的男青年们心思荡漾。他们的心鼓胀，像春天的花骨朵，蓬蓬勃勃。他们再也不愿像父辈那样守着土地从日出到日落，日复一日，年复一年。那些健壮又有力的腿纷纷走出村子，到外面去，到城市里去，他们做了瓦工、水电工、木匠、油漆工……他们从城市里挣得钱，又回到自己的村子，砌了比三哥家瓦房更气派的楼房。

三哥的厨子手艺、唢呐技艺固然出众，但走出乡村的人群使他的唢呐和厨艺都落寞了。为了白胖小子和香云过上更好的生活，三哥跟在瓦匠师傅后面学起瓦匠，瓦匠活是手艺活中最累的，但也是最能挣钱的活，聪明的三哥很快变成了独当一面的瓦匠大工。他时而随着村庄里的建筑工们走南闯北，时而又在故乡为人砌房，当我回到故乡的小学做了一名教师，我偶尔会在路上遇见他，我高声叫他"三哥"。他苍老了，皮肤黧黑，鬓角已见白发，他像从前一样大笑着也回叫我的名字。

现在的他做了一个小小的包工头，手底下有十几个跟着他打拼的建筑工人。他在城里也买了房，但他和香云还是待在镇上的日子更多。他家的白胖小子离开他们，去远方的大学读书了。

我所在的村子在不知不觉中变成了镇子，镇子已经很是现代化，茶楼、酒楼、饭店一应俱全，人们的红白喜丧事都不在家里请客，都去酒楼，说这样显得方便又有档次。生活让多少平凡又努力的人们，像三哥一样，沧海桑田地过下来，对于生活来说，不会砌房的厨子不是好厨子。

安之若素的日子

我爱美衣，但常常也因囊中羞涩，对那些灿若繁花、价格高昂的如云衣裳，望而却步。人离了美衣店，心里两个有主意的小人却死死缠磨干仗，一个叫嚣着说："女人要对自己好一点，该买的买，想穿的穿！"另一个小人毫不相让大喊着："勤俭节约是美德，丰年想着荒年时！"数日过去，叫嚣着对自己好的小人儿气焰嚣张，我也半推半就让她胜利，又折回美衣店，去索那美衣。

在那尕店里，衣杆上、展台上上下查看，却遍寻不着，问店主，原来，那天我转身丢手的刹那，衣服已被别人一举买走。心里像四月里下了小雨，淅淅沥沥，甚潮湿郁闷，相悉相知的是多年的枕边人——先生。他用一句话来安慰我："你与那件美衣没有缘分，只等有缘分的衣服来配你。"先生的劝慰一入耳中如醍醐灌顶，我一扫心中的怏怏不乐，眉眼舒展如初。

人有癖。我爱美衣，公公迷彩票。每日他下班归来，只管伏案埋头写写画画。最初，我看见他是用了几张大白纸，像个小孩子做算式验算样，在纸上写了划去，划去了又写上，反反复复，不眠不休。后来，他买了一个牛皮封面的厚笔记本，他竟用笔记本作起文章来，我觑一眼那笔记本，上面的数字如蚂蚁般密密麻麻地爬满了一页又一页。

公公写算彩票数字到了废寝忘食的地步。常常的，婆婆把一桌子饭菜摆好，帮他把饭盛好，筷子摆好，呼他来吃，他却回说："你们先吃，我再等一会儿。"过了好一会儿，饭已冷，菜已凉，他却仍然全神贯注在笔记本的数字上，嘴里又回我们："马上就好，再等一会儿！"又一等，我们都吃完了，他还在写着、算着。问先生："公公中过奖的没有？"先生说："大奖没有中过，十元、二十元的小奖倒是常事。"

忽一日，婆婆在我们耳边叨咕："你爸一连两三天夜里睡不着了。"再看公公闷闷不乐，阴云密布的脸，莫不是身体不舒服？我们连连发问，总算问出他的心中事。原来，他算出一注彩票的号码来，但因当天工作十分忙碌，忘记去买那注号码了。第二天，看了开奖的号码，五百万大奖竟然就是他算出来的号码，他懊悔得无以复加，夜夜难眠。先生哈哈地笑了，像当初劝慰我一样安慰公公："只能说你与那五百万无缘，要是有缘一定是你的。有没有这五百万，我们家的日子都过得去，不要想多了，把自己弄成失眠症就得不偿失了……"公公对先生的这一通话虽然默不作声，但想必也觉他儿子所言有理。慢慢地，他又回到以前迷彩票、算彩票、买彩票的平静日子里去了。

等世智尘劳经过，悲欢离合尝过，人们就会坦然接受生命中的种种意外的到来，还有了把如湖水泛了涟漪的日子恢复平静的能力。

工作上，评职称没能过关，那没有关系，只等来年，再续前缘；生活中，又有人评论城里的那套住房买贵了，地址又太偏僻，我们只在心里淡然地说，我与那座房子有缘，那幽静的房子恰好适合爱好写作的我居住，贵点也无妨；被撞摔伤了腿，只能卧床休养，是老天看我忙累，想给我一段安静时光……

当人接纳了生活给予的一切，整个人对生活就起了一份平静之心，对什么样的日子也能安之若素了。

电影是日子里的一道菜肴

其时，我做着小孩子，人们过着穷日子。穷日子里少吃少喝少快乐，偶尔，有人家逢红白喜丧事会放上一场电影以飨乡邻。这放电影的主家很会安排，放电影的日子一般不选春秋两季，人们都忙着春播种和秋收割呢！只选有些悠闲的夏伏天或者闲冬春节后的时日，欢欢欣欣的热闹上一场。

临放电影前的情形就好比一慈善户主烹煮了一道美味佳肴，邀请饥饿者享用。方圆十里内，人们都嗅着这道"大菜"四溢的香味，互相询问着："晚上，去不去看电影？"或者"今天早一点烧晚饭吃，早点吃了去看电影"。

电影自然是露天的，办红白喜丧事的主家选了一块空旷地——打谷场居多，放映队在空地上支起屏幕，屏幕的样子好似母亲晒在太阳下的白棉被里子，我们初次去看电影的小孩子在心里暗自怀疑一块大白布能放出电影来？等到老人、孩童、壮年男女都扛了长条凳、小马扎坐在那张大白布前；等到卖棉花糖、橘子汽水、麦芽糖、葵花籽的小贩们也摆好了摊子。漆黑的夜空下，放映机吱呀一声叫，一道光打在白布——电影屏幕上，白布上突然出现人影什么的，喧闹的人声突然静寂下来，电影要开映了，人们的注意力无一不被电影吸引了过去。

又炎热又有蚊虫叫嚣的夏夜，人们一边目不转睛地看着屏幕上的故事，一边用力挥着蒲扇，扇凉风赶着蚊虫。寒气逼人的冬夜，人们一边为电影上的人物千回百转，一边又裹紧了身上的寒衣。这畅快的电影大餐里，总夹着丝丝不快，但是乡人们谁也不愿放弃这光影饕餮呢！

后来，小镇上建起了一座剧院，剧院真是豪华气派，与打谷场不可同日而语。剧院前有宽阔的广场，拾级而上的宽大台阶，硕大的透明玻璃门……青春年少的我们，走进剧院去，发现它大得像汪洋的海，有一个宽阔的舞台，用来演戏剧和放映电影。我的父亲是修砌剧院的工人之一，他告诉我，这座剧院共有 999 个座位，座位是木头制成，可以翻折。在电影院里，人们没有蚊虫叮咬，亦没有风吹冷寒，电影这道"菜肴"的味道臻于完美。我在小镇剧院看过不少部的电影，像《永不消逝的电波》《妈妈再爱我一次》等剧永远留在了我的记忆中。

再后来，电视、DVD 机开始普及，家里就可以放电影，电影突然成了一道家常菜，人们对它的感觉也平淡了起来。

时光一刻不停歇地往前走着，日子沧海桑田地变化着，小镇子变成了车水马龙，霓虹闪烁的城市，豪华影院在鳞次栉比的高楼大厦中占据了一席之地，人们去了豪华的影院，乘了透明的电梯，买了爆米花、可乐、雪碧等零食，进去包厅里看电影，厅里有绵软的地毯、柔软的椅子、椅子上有可放零食袋的洞口……看电影突然成了有仪式感的一件事，电影像生日时的一个蛋糕，是对自己的奖赏，像青花瓷盘里摆着一道精美菜肴，是对平日忙碌生活的奖赏。

在劳累之余，人们选择去看一场电影，在别人的故事里同悲共喜，生出人生如戏，戏如人生的感慨，此后，在精神饱餐了一顿后，精气神儿十足地去生活中，做自己人生舞台上的主角，做自己人生里的英雄。

钢样的女人

一位曾经的老邻居领着她找到我家来。她高高的个子，齐耳短发，发灰白了一半，一条腿残了，拖着走过来。她找到我，是想让我给她的小孙子辅导英语。我们教育系统有规定，在职教师不允许帮人做辅导，我拒绝了她们。

第二天她们又来找我，她嗓门大，用响锣似的声音焦急又恳切地说："老师，你一定要帮帮忙，我大字不识一个。这孩子又没个爸妈……"她这样一说，我心上生出些许惭愧，似乎看见人家在大雨里，而我舍不得撑开自己的伞，给人遮一遮。相熟的邻居在旁边帮腔："你是真不知道她的难处呀！"

她们坐着没动身，我也愿意听听她的故事。她亮开嗓子讲起来，倒像在说别人的故事。

那天，做了婆婆的她煮了饭、焖了鳅鱼，炖好蹄子汤，就去码头上洗全家人的衣，等她把一桶衣，洗、汰好拎回家，儿子和媳妇小两口正在吵架，吵得烟舞尘飞，锅碗瓢盆都摔在地下，家里狼藉一片。媳妇看到她，像挣破了缰绳的马狂奔出去，她拎起两条老腿拼命跟在后面撵了过去，媳妇奔到她洗衣的河边，嘴里嚷着："这日子没法过了！"发疯似地想要跳河去，邻居们死命地拉住媳妇。等她赶到，鼻涕横流地劝说："好闺女，跟妈回去，一定不让你受委屈，那个浑小子有什么不对，妈饶不了他！"

她和媳妇到家时，儿子不在家，她也没太在意，想儿子也许被他叔叫到家里去，避开这一场暴风雨了。等媳妇安静下来，她去找儿子回家吃饭。到他叔家，他叔却说："军子，没来呀！"她和老伴把整个村子都逡巡了一遍，竟没见着儿子的影踪。她心里突然沉闷得喘不过气来，隐隐的有了不好的预感。等她老两口一路小跑，来到人迹罕至的池塘边上的旧屋里，儿子正躺在地上，旁边是喝光了的农药瓶。那个眉目分外像她的只有二十八的年轻男子，已经没有一丝气息。

她的孙子，这孩子四岁就没了爸，没几个月的光景媳妇也改嫁了，头两年还有电话来，问问孩子的状况，渐渐，就杳无音信了。听人说媳妇又生了一个儿子。这个孩子只靠他们老两口抚养了。再后来，她的一条腿又患上了严重的关节炎……

我问她："日子难吧？"她倒爽朗地说："不难，不难，有低保，亲戚姊妹们又都帮衬！我现在住你家的附近，我这房是小妹妹公婆的，一分租金都不用，房子前面还有一块空地，可以种蔬菜来吃，我也不需要多买什么东西，花费也不多……"

我对她点头，郑重地说："既然我们住得这么近，孩子学习上有什么难题，都让他来问我！"她站起来感激不尽地谢我。

她不知道我内心里横生的波澜，我暗自在感慨她的人生，日子想必火烧火燎的疼痛和煎熬，如熔炉炼铁。然而，生活让她百炼成钢，她的性格钢般脆生生明朗朗，深深地打动了我，让我不能袖手旁观，甘愿为她做一些什么！

光阴的铁环

那时候，我是小小孩童，盼着放悠长的暑假，可以去姑姑家。姑姑家在一个有名为"林上"的水乡小镇，那里盛产莲藕、菱角、鱼虾，有丰富的水产吃食。姑姑家又有三个表姐，一个表哥，可以与我作玩伴，那里真好比是我的天堂。

暑假在孩子们心心念念的盼望中，慢悠悠晃到了眼前，我被母亲送到了客运船上，自己乘船去姑姑家，我很少下到逼仄又拥挤的船舱里，喜欢守在船头，一边看着沿途的水路风景，一边等候着"林上大桥"出现在我面前，那座桥南北横跨在水面上，桥栏杆刷得雪白，有粗壮的桥墩，阔大的拱洞，小小的我站在船头看它，感觉它又大又美又不可思议，简直就是天上的虹。过了"林上大桥"，就到姑姑家了。

那时候，姑父和姑姑都很健壮，姑父帮人做掏藕工，姑姑料理一大家子的家务。他们一见我来，分外开心，姑父会从藕田里挖一些"花香藕"回来，招待我。年龄相差无几的表哥、表姐们见了我，更像雀儿一样开心。我们的乐趣很多，白日里，我们在曲折幽深的小巷里滚铁环，划了小船去摘荷花、采莲子、钓龙虾、捉螃蟹……傍晚，就去"林上大桥"上纳凉、听故事、说闲话。那时候，在水乡村庄里住，你会发现，天上的星星又多又亮，地上的人儿又多又快乐，眼前尽是得意人。就这样，我们快快活活地过了一年又一年。

我们这些孩童以为就像玩滚铁环一样，铁环尽在我们的把握之中，将来的日子也会这样被青春年少的我们把握。其实，要许多年之后，我们才明白，看似我们握着铁环走，其实是我们在马不停蹄地追着铁环，光阴好比是一只巨大的铁环，所有人都马不停蹄的被光阴这只巨大的铁环牵着走呢！

姑父姑母双鬓日渐斑白，大表姐结婚了，生了孩子。二表姐也恋爱了。时常有年青的男子在姑姑家屋外徘徊，他们爱慕着我荷花一般秀丽的三表姐。表哥不念书了，他学了维修车床的技术，打算去南方城市闯荡。我还在念书，从故乡读到异乡。

光阴的铁环拉着我们所有人，往前奔走奔走。它要把我们拉向哪里去呢？

大表姐和姐夫开了建筑公司，买了房，买了车，孩子们都上了学。二表姐和姐夫开了一个店面，做服装生意。三表姐和姐夫自己创办了一个玻璃厂。表哥定居繁华的苏南都市，很少回来了。我做了教师，有了恋人，成了家，生了孩子。我们再也不像从前那样每年相聚，要许多年才能聚上一次。

我们跟着光阴的铁环走在幸福却又分离的路上。最先，离我们而去的是我的父亲，然后是姑父。我们一次次落下滂沱的泪水，努力的人生也免不了哀伤四起。

过年的时候，去看独居的姑姑，让老公开车走"林上大桥"走，远远的林上大桥出现在轿车的玻璃窗里，童年时眼里宽阔无比的桥，竟然变得如此小，只能容一辆小车通过，我们上了桥，对面刚刚上桥的车主赶紧倒车给我们让路。

　　光阴的铁环，让我们长大，让一座桥变小，让至亲的长辈离开我们去了另一个世界。这光阴铁环啊，真让我们的生活幸福又忧伤，然而，它仍然马不停蹄地一路滚下去，也许它的意思就是让人们活一遭，跟在它后面体会人间这酸甜苦辣咸的滋味，活就是活得滋味啊！

渐渐

彼时年纪小，嗜睡眠，每逢放假，日上三竿依然呼呼大睡中，我妈常常作河东狮吼，才能从睡梦中抓出我。偶尔听邻家婶婶和我妈叨咕："最近，睡眠不好，常常在床上翻来覆去，睡不着！"我听在耳中，觉得她们在讲笑话，要不是我妈那铜锣样的嗓门，我可以待在床上一直睡下去，像童话里的睡美人，长睡不醒。不懂她们大人，竟然睡不着觉？

其时，我正青春，他还是男友，我俩正恋爱，恋爱中的吃饭、看电影、唱歌等的情侣项目，我们一一遭逢过，已生厌倦之心。某日，他心生一计："我教你开车啊？"他的坐骑是一架本田400重型机车。我一听眉开眼笑，生龙活虎地爬上机车，他当仁不让坐我身后当老师。他的确是好老师，细致耐心地讲，油门、离合、挂挡……只听得我不胜其烦。我甩甩头把他絮絮叨叨讲解的一堆要点、重点抛在脑后，呼啦踩起油门，一路向前。

码表上的数字在飞速转动，路旁的树木、房屋在飞速后退。他在我身后小心地提醒："慢一点，慢一点！"我压根不听他的，风驰电掣地把路上的行人、自行车、机车纷纷抛在身后，码表上的数字已经到一百二十了……终于下了车，他把手伸向我，我一握，全是汗。他说："我被你这野马样吓死了，但一声不敢吱，怕影响你的注意力……"我嘻嘻地笑着，没心没肺地说："紧张什么？御风而行的感觉真棒！"不过，此后我再撺掇他让我开车，他都会义正词严地拒绝了我。

那时候，父亲还在。我刚新婚，他对我一如恋爱时期般温柔体贴，公婆当我自家女儿样尽心照顾，我的日子真是美满得要溢出来。单位组织我们去体检，几十位同事都检查出患上乳腺小叶增生的毛病。只有三名同事的乳房是健康的，我是其中之一。她们一行人，三五一群地在讨论应该用药疗还是食疗。还有几个症状严重些的同事在商量着要不要去市里的医院再作一次复检，听听市级专家的建议！我在一旁不知天高地厚地问："你们为什么都得了这乳腺增生？"一位同事大姐，厚道地笑着说："年龄大了，生活中的烦恼多了，一不小心就引发了这毛病！"我当时还很不能理解，竟然这么多人都患上了这毛病？

前些年，父亲患上了癌，我们陪着他一路吃辛历苦的治疗，一想到父亲不知道能不能好起来？我就夜不能寐，父亲生病两年后，病情恶化，去世了。那段日子，睡眠跟我躲猫猫似的，有时来，有时走。我尝够了失眠的滋味，那睡在床上等睡眠来到，越等越不来的滋味，就像干渴的人总喝不到水。

父亲走后，过了很长的一段日子我才有了稳妥一些的睡眠。可是，乳腺小叶增生也来找我了，那段日子白天时常感觉到乳房胀痛，指望夜里好过些，没料到，睡熟后却又被疼醒了。先生带着我一连检查了几家医院，医生连连说："不碍大事，自己多多注意保持心情愉悦……"我想起当年嗤笑单位大姐们的话，真是无地自容！

又有一次，我和先生打的去别城里办事，坐在出租车上，我们从后视镜里看见一个年轻的小伙子把摩托驾驶得风一样快，直逼上来，他风驰电掣地狂飙着，一下子超过了我们的车。从敞开的车窗里，我们仁看到他呼啸着掠过，他嘴里还吼唱着一首歌，显得特别轻狂。他一下子让我想起年轻时候飙车的那段往事，没料着，司机师傅却抢在我先开口了，他语重心长地说："这年轻人真让人担心啊！我年轻的时候也喜欢飙车，现在想想，十分后怕！"这个朴实的中年汉子特意放慢了自己的车速。让我们的车悄然落后于他，希望他也能慢下来。司机师傅说："不能开这么快，一块砖头，一个坑洞就能让他粉身碎骨……"

我亦附和司机师傅说当年的自己的大胆，敢不顾一切地风驰电掣，做追风的少年。司机师傅一语道破天机，那时身份简单，是父母的孩子，至于跌着、摔着、伤着父母心里痛不痛，多痛都是不得而知的！而现在，人到中年，做了人家的夫或者妻，我们是父母的孩子，也是孩子的父母，终于明白了"一发不可牵，牵之动全身"，我们就是整个家庭不能损伤的"一发"啊！

后来的后来，那些从前想不通的世事人情，时光都告诉了我们答案。渐渐的，我们又走上了上一辈们的路，人生也许不过是这样的轮回！

节俭是一种力量

年少的时候，不更事，我曾浅薄地把父亲比拟成"坐井观天"里的那只青蛙，我觉得父亲眼皮子浅。他年轻的时候，闯荡大上海，被大户人家相中，愿意把偌大的一个园子交给他打理，他可以过另一种富足的生活，然而他拒绝了。他多像成语故事里的那只青蛙，为着井底的一点水放弃了跳出井外，去看精彩的天空。父亲的"水"是故乡和故乡上的妻子儿女。

他回到了故乡——苏北农村，做了一个农民。从父亲回到农村那刻起，他就选择了从奢到俭的生活。

自我们记事，还常常听母亲说一些朗朗上口的顺口溜。母亲在做女红的时候会对邻家妇人说："外面有个挣钱手，家里有个聚钱斗。"她还说："吃不穷，穿不穷，不会节俭一世穷。"在那个男主外，女主内的年代，母亲的意思很明了，女人们一定要勤俭节约，方可人睦家富。

小弟生下五个月，大病，同一儿科室病情危重的婴孩都夭折了，唯有小弟活了下来，但父母亲花费了巨额的医疗费，其时鸡蛋是五分钱一只，他们借了万元的外债救下了小弟的命，接下来便是挣钱还债。他们做起了鱼生意。每日傍晚，父亲步行十四里去外婆家夜宿，外婆家附近有个渔场，第二日凌晨父亲去渔场买了鱼装在木桶里，担在肩上，徒步到我们所在的小镇的街市上去卖。去外婆家可乘水路上的机帆船，但父亲为了节省船票钱几乎没有乘过船。当那些小鱼、起水鱼（刚死了的鱼）没人买，便是母亲巧妇为炊的时候，她把鱼刮去鱼鳞，掏去内脏，放在阳光下暴晒，又使面粉搅拌成糊，糊里搁有葱花、酱油、味精，然后用糊裹了鱼，下铁锅滚油煎炸，炸出的鱼香脆可口，这是母亲给常吃蔬菜的我们加的"大菜"。

在那座渔场倒闭之前，父母亲终于齐心合力还了外债。

后来，父亲忙时种地，闲时去建筑工地上做工，母亲在家照料家务。家里的吃穿用度，处处节约一如往常。等我考上师范学校的时候，又需大笔数目的学费、生活费。村庄上的人纷纷劝说父母，女儿总归要嫁人，既是要花那么多钱，书不读也罢。父母却坚持着让我把书读下去。他们说只要省省总能过得去，在他们的坚持和守护下，我成了村庄里为数不多出去念书的女孩中的一个。读书改变了我的命运，使我走上了与其他村庄女孩不一样的人生道路。多年之后，我读过的书，又让我拿起了笔，写起了文章。

作为父母亲的女儿，我从父亲的选择，到父母亲齐心合力用节俭对抗生活中的磨难，领略到节俭的力量，节俭让我们一次又一次度过了生活的难关。

如今，日子好起来，父母坚持的"节俭"二字依然值得我当作家风，继承下去。和节俭相拥，明白节俭的力量，在物欲横流的俗世里守着"节俭"二字，不被虚浮的繁华魅惑，用"节俭"的心性坦坦荡荡走在人生旅途上。

金铃子往事

闲来无事，翻看散文，读到郭沫若的一篇《石榴》，边读边浮想联翩，现如今石榴已是寻常水果，随处可见，但童年时候，石榴是我想象中的奇珍异果。

成年之后，童年往事是沉游在水底的鱼，记忆如网，一篇《石榴》文也引得我撒开记忆的网，把往事一兜而上。其时，年幼的我在一个村庄上住，大人们为我们孩童栽桃、种梨，搭架子种葡萄。我们吃过桃、梨、水葡萄，但未见过石榴。不过，有一种水果在我的脑海里留下了深刻印象，它是"赖葡萄"。

每到五六月份赖葡萄就成熟了，成熟的赖葡萄有成年男子的拳头那般大小，像一个小球浑身长了疙疙瘩瘩，但因为赖葡萄的颜色太过好看，谁也不起厌恶之心，它们是灿若朝阳的金黄色。

赖葡萄，我家没有种，村庄上唯有一户人家有。那户人家户主是一位中年妇人，人称"郭大姑"。郭大姑长得高高壮壮的，留齐耳短发，黑红的脸膛，一双细细的笑眯眼。郭大姑来我家了，她把几个耀眼的赖葡萄摆在我家灰褐色的八仙桌上，赖葡萄的明黄色把我家的桌子比得灰头土脸，桌子也使得赖葡萄越发让人馋涎欲滴。郭大姑前脚刚跨出院门，我和小弟就迫不及待抓来赖葡萄剥开，只见里面一颗颗籽粒，像一颗颗美丽的红宝石，我们捏起一颗"红宝石"放进嘴里，肉软软的，有些许的甘甜。

母亲则会看着郭大姑的背影，感慨一下大姑的命运和她与人为善的性格。郭大姑的男人去世得早，留下三个孩子，一个儿子，两个女儿。最小的女儿比我稍大一点，我们常常在一起玩耍。郭大姑没有再找男人，听说也有男人愿意倒插门，到她门上过活，她不愿意轻松自己，拖累别人。她像一个男人样下地干活，割稻、割麦、挑稻把她不输男人，洗衣、做饭、做针线活也不输女人。春秋农忙时，男人干活的田地里总能见到她的身影。冬日闲光景，女人们聚在墙根下纳鞋底时，也能见到她，她脸上从未愁眉苦脸过，总是笑眯眯的，她不论走路还是站立着，身板总是笔直，她话总也不多，从不讲诉村庄人的闲事。

我找郭大姑的小三姐玩，看见郭大姑家里收拾得干净整洁，简陋的条几、八仙桌上一尘不染，她家堂屋的屋后长着萱草花，东边河岸上长了艾草，南边种了一排青碧欲滴的菖蒲，菖蒲间又种了几棵赖葡萄，初夏之际，赖葡萄像一个个金色的小太阳挂在她家门前，她摘下来除了给自己的三个孩子，还必得给村庄上其他有孩子的人家送几个去。

一年又一年，郭大姑成了我们这些孩子最喜欢见到的人，我看见她的满头青丝渐渐转成灰白，但她依然给我们送赖葡萄，村庄上的所有孩子都受过她的惠泽。

母亲说郭大姑一个人把三个孩子领得很好，最大的儿子在学校里成绩优秀，被保送上了名牌大学，两个姑娘也都懂事孝顺体贴她。

一晃许多年过去了，我们都离开了村庄，一次，我在城里浴室里竟碰到郭大姑的小女儿，我童年时候的玩伴——小三姐。我们互相惊喜地说了一番家常，她告诉我，她妈——我喜爱的郭大姑，前两年去世了，她哥哥花了一百多万也没有挽回郭大姑的生命。

《石榴》这篇文又让我想起了那位曾给我们的童年岁月，带来许多喜悦的妇人，她的一生不仅值得她的儿女们深深怀念，也值得我们这些曾在乡村里的小辈们永远追记。

我特地去网上找了"赖葡萄"的图片来看，没料到，赖葡萄还有一个大家闺秀似的名字"金铃子"。那位一直被人们称呼为"郭大姑"的女人，她又有一个什么样的名字呢？她也是一位大家闺秀样的人物啊！在命运的刁难面前，她活得体面，活得漂亮，让我们这些小辈永远难忘和敬佩！

美味不再来

梁实秋在《腊肉》一文中这样写道:"真正上好的腊肉我只吃过一次……此后在各处的餐馆里吃炒腊肉都不能和这一次相比。"这一次是他在湖南湘潭朋友家吃腊肉,宾主尽欢,喝干一瓶温州老白酒。

并非只有大师才会这样感慨,尘世中普通的我们也常常幽叹:蜂蜜没有幼时亲手从柴管里拨出来的甜了;市场上石榴果肉红宝石似的好看,却寡淡无味,哪里是记忆里的好味道?

我的友这样计较荸荠的味道。逛街的时候,卖荸荠的小摊主殷勤地招呼着:"姑娘来吃一个,不好吃不要钱!"友走上前去,从篮子里挑了一个颜色红润、个大儿的放嘴里,未吃完就嫌水分太多,没嚼头。摊主一听急了:"姑娘你这样挑剔,倒是买不着东西了!"友轻叹了一声:"是的,我要的那种味道,买不到了!"

有些味道是握在手里的一把亮闪闪的钥匙,不经意就开启了一扇记忆之门。友打小就喜欢吃荸荠。父亲娇惯她,分田到户的三两亩责任田别人家一律春麦子秋稻谷。她家,父亲专门辟出一块来长荸荠。村子里

174

的婆姨们看不惯父亲对她的宠溺，大肆嘲笑他："老韩，你准备养个姑娘种？"她知道村子里重男轻女的习俗，气得大哭。父亲一听，只是哈哈一笑，仍是每年为她种荸荠。

岁月荏苒，她已是人妇，也有了自己的小女儿。父亲老了，他满头青丝渐成霜染模样，但她还是父亲心头上的宝，荸荠一直种着，又开垦了一些新地来种，父亲说她的小女儿跟她一样，也爱吃荸荠。每年春天荸荠上市的时候，老人弯下腰蹲在地里像捡金子般仔细地把荸荠一个一个从土里刨出来，再挑选大个儿的洗净、装袋，背在肩上，倒几班车辗转送到她的城市。

去年的那个冬天，父亲去世了。她的心撕裂了一个大伤口，再吃到荸荠，她多了悲伤和心痛。父亲亲手种出的荸荠的味道，是她心里伤口上开出的美丽的花，不可复制！

许多时候我们循着味道，想回到记忆当初，再相遇那些美好的光阴和人！然而，时光是一条不逆流的河，那么人生这一路上所遭遇的所有美好味道，都且行且珍惜吧！

命运赠送的礼物

念书时，班上有一位女同学，她的长相不引人注目，有些贫瘠的偏瘦身材，生得一副黑滋滋的皮肤，小眼睛单眼皮。她的性格也有些寡淡清寂，平时很少与人交流，偶尔开口说话，听在人们耳中，口齿似乎也不清。她的文化课也毫不出众，亦没有技艺，吹拉弹唱一样也拿不出手。然而，让女生们大跌眼镜的是班上明恋暗恋她的男生，甚是不少。不要说那些如花貌美的女孩子，对于她被众多男孩子追求，到底心意难平，即便是普通如我，也曾多次思索不得其解。

转瞬，就到了毕业季，我们各奔天涯。男大当婚，女大当嫁的年龄，有女同学传递来她的消息：一个男孩在热烈地追求她，此青年家世、相貌、人品、能力皆出色，实属百里挑一的人儿。他待她又最是真心真意，为她举办了盛大的订婚礼，她成了幸福的未婚妻。

其时，班上的女同学对她，无人不啧啧称羡。那时的我们都还太年轻，不懂得命运早已给每个人都准备了礼盒，每个人都会被派发到。我们更不懂得，命运是位任性的女神，她会大方地给，也会残忍地收回一切。

谁料得，再听说女同学，却是她去世的消息。她在结婚前夕去世了。一车的人去市里参加一次专业考试，途中出了车祸，整整一车的人，别的人都是轻伤，并无大碍。唯有她失去了花朵一样年轻的生命。当另一位女同学，在电话里告知这悲伤的事情时，那一刹那，我的头，像挨了重重一击，既模糊又清明起来，我似乎恍然明白了，她为什么总是被众多男孩子珍重喜爱，爱情是命运赠送给她的礼物啊，在她短短人生里总算尽享了甜美的爱情。

年轻的时候，我们总是钦羡他人拥有的。其实，我们谁没有接到命运派送的礼物呢？一位文友，已过知天命之年，她回顾前半辈子，满含感激地说："真的感谢老天让我会写文章！有此爱好傍身，日子才过得不那么平淡乏味……"但她又以过来人的语气谆谆告诫我："妹妹，千万别以为你的文字水平会随着年龄水涨船高，千万别以为懒懒散散的，就会把文章写得越来越好！事实上，当年我年轻的时候，写出来的文章都在名报大刊上发表，也曾被多家杂志转载，但因为我性格懒散，没有精益求精，现在写出来的文章却不如从前了！"

恰如文友姐姐所说，我也有命运赠送的礼物——会写点豆腐块大小的文章。我懂姐姐的意思，她是希望我勤奋努力地写下去，好好地接住命运赠予的礼物。

活到后来，人们就通透明了了，命运女神向来是顽皮、刁蛮、任性又大方，她只管像世人派发礼物，这礼物到后来，她会不会闹一个情绪就收回去，说不准。即便是她慷慨送出，不再索回的礼物，会不会就真的被我们紧握？命运女神她只管顶着一张聪明的脸，寂寂无言，淡看她的礼物在人们的疏忽懒散之间，像颗玲珑的玻璃球，滴溜溜没入时间的荒草里，再也无处寻。聪明的你，一定会找到命运女神赠送的礼物，你又打算怎样对待这命运的礼物呢？

生命如寄

那会儿，我是一名穷学生，常常去他的鞋摊上修鞋，鞋后跟掉了掌，去打掌；鞋尖裂了口，去粘胶；鞋帮落了线，去上鞋帮……不论鞋子有什么"病况"，到他这"良医"手里三下五除二解决。一来二去，我和他很熟悉了，他待我越发客气，要是只是给鞋子粘胶的简易活，他便不肯收钱。除非，鞋子需要大修整，要动剪刀、针线、修补机等花时间、花力气的活儿，他这才收上一元到五元不等。

他说，他是穷帮穷。他跟我一样也是穷人，他父母早逝，他靠着一方小小的修鞋摊养活自己。不过，他勤劳踏实，自从摆了这鞋摊，不论寒来暑往，风霜雨雪他都出来摆摊，除却生病，从不歇摊。

后来，他的鞋摊上多了一位朴实的姑娘，两个人一起守摊。他和她都是勤劳苦干又良善厚道的人，小鞋摊上的回头客日益增多，日积月累中，他们手里有了一点钱，买了一幢楼房，又生下了一个儿子，日子终于守得云开见月明。

我有了工作，领上薪水后，就不再与坏鞋死磕，过起了鞋子一坏就换的日子。某一日，看着一双塌掉了鞋掌的鞋，我突然想起修鞋师傅，不知道他们夫妻俩过得怎么样了？我拎了鞋直奔鞋摊，他俩总是会在那儿的。

到了老地方，却不见他们夫妻俩，只见鞋摊上一片狼藉，剪刀、针线、旧鞋子乱七八糟散乱了一地，两位老人在帮着收摊，一片兵荒马乱的样子，我急切地问老人们："修鞋师傅呢？"他们自然看出了我是一位要修鞋的人，其中一位抬头搭理了我一下，"今天肯定修不成了，刚刚他突然倒下来，被送到医院去了！"我又问："怎么突然就倒下来了？"那位老人又说："谁知道呢，人就是个说不清啊！"

是的，生命无法说清道明，看似强韧，开山填海无所不能，其实是寄居在这尘世最脆弱的一件物品，比瓷、比瓦更易碎。

彼时，我未婚，先生还是我的男友。他第一次约了我去他家吃饭，我们到的时候，屋前的矮凳上一位老人笼着袖子在太阳下打盹。老人穿着老旧的瓦蓝色中山装，解放牌黄球鞋，整个人灰扑扑的，他与先生窗明几净的家很不相称。我在心里暗暗思忖，这是来乞讨的人吗？我天马行空的思绪被先生拉回，他微笑着向我介绍他："这是我二伯。"二伯不肯进屋里来坐，据说，是怕他身上泥灰满身的衣服弄脏了家里，直到吃饭的时候，先生三催四请，他才进屋里来，饭桌上他对着我们乐呵呵地笑，拘谨地不肯夹菜添饭。

等嫁过去后，我了解到公公一母同胞弟兄三个，大伯是一家医院的院长，公公是农科站的技术员，唯二伯守在乡下，他种地，做泥水匠，跟瓦刀、砖头打一辈子交道，时光把他打磨得不合年龄的苍老。

但凡一大家的相聚，总不能找到他的身影。他的瓦刀舍不得丢，无论何时的休息在他那看来都是浪费。他以前总是念叨，孩子念书，需要钱，娶媳妇又得花钱，不多挣钱不行啊！终于儿子成了家，他也是抱孙女可以颐养天年的人了。所有心疼他的人都松了一口气，他终于可以向那些吃辛历苦的日子挥挥手。

可是一直像一块石头般沉默的他，这一次终于忍不住喊起来："疼！"疼像晴空里一道让人触目惊心的闪电，像平地一声的惊雷，让全家人心上惊惶不安！医院一纸诊断出，他的病已经是食道癌晚期了。等上了手术台，医生发现二伯体内癌的细胞已经肆无忌惮，四处都是。不足一年的时光，二伯就去世了。

手机套、被套以及日子

我新买了一部手机，白色机壳，闪亮的大屏，像美人，身材袅娜又肌肤胜雪，我极爱。老公说："给你买个套子保护她？"我忙不迭地点头答应。

手机套到我手里了，塑料材质，背面雕刻了浮花，是大朵的牡丹，也美。我把手机装进牡丹花塑料套。自此，手机的面目便隐藏在套子里，再美的机身都终年不见天日。

孩子过十岁生日那天，我们大宴宾客，我时不时要掏出手机与人通话，热情邀请亲朋好友早来赴宴席或者在电话里指点客人来赴宴的路径，纷繁忙乱中，一个不小心手机被我摔到地上去，机身、套子自是分离，连手机的电板都被摔了出来，整个手机呈五马分尸状。我捡起手机一看，屏幕被摔坏了，成了一个花脸，塑料的手机套子倒是安然无恙。

手机第二次从我手中跌落，是时隔半年之后。这一次，整只手机旧痕上又添新伤，全身伤痕累累，此种面目实在寒碜，不能见人，我决定换掉这部手机。直到此时，我才剥掉手机身上的套子，看着这个快要丢弃的手机，我突然惋惜起来。我那么喜爱它，却没有与它亲密相处过，我和它之间总是相隔了一个手机套，显得山高路远，一旦真的相近，却是分离。

手机和手机套让我想起生活中本末倒置，充满遗憾和惆怅之情的物事来。

彼时，我要做新娘了。妈妈给我的陪嫁是三床绸缎被子，那是她亲手缝制的。到了婆家后，我看着光耀闪亮的被子，舍不得盖，在绸缎被子上又画蛇添足地套上一个棉布被套。

绸缎被面就隐藏在被套里，暗无天日。在我数次拆洗被套中，也牵扯到绸缎被面，它们从被胎上松懈下来，后来，我就干脆把绸缎被面从棉花胎上撤换下来，直接套上被套。绸缎被面被我叠起放到箱子里，再也没拿出来过。

我突然感觉到我们这代人什么都力求简单方便，其实我们的日子显得粗糙了，这生活里缺了一些味道。

妈妈那辈人娴熟的针线手艺，我们中很少有人有，几乎也没有人能像妈妈那样缝制出一床被子来，洁白如雪的被里子，华丽闪耀的绸缎被面子，包裹着厚厚的棉胎，缝制好后，角是角，边是边，平整又柔软，好看得像一幅画。寒冷的冬天，外面的风呼呼地刮着，睡在这样的一床棉被里，温暖又安适，连天地都安静下来。

我们缺乏郑重、敬畏、细致的心情来过日子，常常用各种各样的套子来对付我们的生活，桌套、凳套、冰箱套、电视机套、手机套……这种对付，看似我们取了胜利，可是仓皇感也是强烈的。

从前的人是不太喜欢给物什罩上套子的，我的外婆曾出生在一个地主家庭，是父母娇惯的小女儿，如今，她已过耳顺之年，仍有着旧时的生活习惯，不喜欢在任何箱柜、茶几上罩套子。我每次去看她，看见她屋内的摆设，小小的青花瓷罐闪着温润可亲的光泽、红木箱柜、木头条几都现出了木头本身的纹路。外婆每天都擦拭这些器物，因为她的擦拭，这些器物虽然经历了岁月，却一点也不破败，反而变得光彩熠熠，让人一看满心舒服。

我们和外婆、妈妈的人生相比，更爱用简单方便的东西，我们的生活也以快捷著称，但是，你分明能感觉到，人们在得到快捷方便的同时，也失去了属于慢日子的细致和优雅。

温柔一拍

被一辆贸然逸出的电动车撞上之后，我从自己的自行车上生生摔到地上去，被人扶起之后，再也不能移动一步。我被送进医院里做了 CT 检查，片子出来后，医生诊断的结果是，左大腿关节错位，加轻微的骨裂，医生建议，维持平躺姿势，卧床静养，待骨头自然愈合并恢复原位。

我躺在床上不能往左翻，也不能往右翻，一动也不能动，连咳嗽一声，都引得左大腿如针扎般痛，我像一个标本，压在旧书里风干了的标本，谁也碰不得了，一碰就要碎了似的疼。

原本总觉得时间有翼，一个不防，它就从我身边轻巧地飞掠而过。如今，时间却如一方泥沼，困顿了我，让我束手就缚，挣扎不出。白日时光还易度些，师友亲朋来相问，人来人往，悉数问候中，疼痛像盐稀释在水里，变淡了。到了夜晚，夜深人静，疼痛专心致志起来，那呼啦啦的疼痛席卷着我，像浪花一波一波地拍打着堤岸，睡意被赶得无影无踪。我睁大了眼睛，一次又一次瞄向窗口，盼着黎明赶快攀上窗，黎明却像睡死在深夜里，怎么也不来。

一直在黑夜里，心里就暗自疑心自己是不是在做梦？正在做一个噩梦，梦醒了就会健康一如往常，骑着车叮零零地去上班，穿了裙子、踩了高跟鞋噼噼啪啪的在单位里的"水磨石"地上走。

一连几日的神思恍惚之后，终于清楚认识到，摔伤不是梦，只能躺在床上，等老天宣布什么时候再起来走路。人们的问候像秋风中的落叶，越来越稀少。家里的人，上班的上班，上学的上学，婆婆留在家里也是马不停蹄地做家务，洒扫庭除，一日三餐，洗洗刷刷，一刻不能停歇。艰难的日子还得靠自己一个人，慢慢熬。

开始自己跟自己说话，先是用古人的话劝慰自己，"塞翁失马焉知非福"我总算不要上班了，有大把的时间可以用来阅读。吩咐家人抱了一堆书，放在床边，我双手触手可及的地方。鉴于我只能采用平躺姿势卧床，阅读需要我用双手擎起书在眼前，平时喜欢的文字，却突然晦涩难懂。要不，看看电视剧？剧情陡然变得荒谬丝毫不合无逻辑。身体的疼痛像搅和棒，搅和得整个人心神不宁，万物万事皆无趣。

我躺在床上悲叹起命运待我如此残忍。

心里另一个小人儿跳出来，叫嚣着说："哪有真的残忍？"是的，没有真的残忍，新闻里在放着，那个美貌如花，清华大学的高才生，二十九岁的姑娘，得了渐冻症，她主动跟男友分了手，身体已经没有了知觉，思想还是清清楚楚的，要不了多久，她也许就会失去生命。

看师范学校的毕业合照，班级的1号，那个女孩子像小鹿般灵动和优雅，可是她去世快十年了，发生在她身上的，不过像我一样的交通事故。

妈妈时常来陪我，告诉我当年村庄上最富裕人家的儿子，与我同龄的那个男孩子，最近突然离世，是在深夜猝死，什么话也没留下，只留下他未成年的儿子、娇美的妻子和刚到花甲之年的父母。

我这样只需卧床静养的人，是被命运女神深深厚待了啊，也许她爱

185

我，才给我这样温柔的一拍。她这样的一拍在我是痛不能忍，在她却是含着温柔的美意吧？她不过要我更知道珍惜自己在过的日子而已。我的心渐渐平静了，不再焦躁和彷徨，接受了命运一次温柔地抚拍。

　　过了一些日子，我可以站起来了，慢慢地挨着一步一步地往前走，那一刻，我看见命运又对我绽开了一张笑意盈盈的脸。

我们是没有血缘的亲人

我们住在一个破落小区，小区里的房子一律是"一上二"的旧式小楼房，小区里的绿化和配套设施都很简陋，小区里住着的都是些普通人，诊所医生、做小本生意的、工厂里上班的……不一而足。住在这里，要是出门在外恰逢刮风下雨，不必担忧晾晒在房前空地上的衣服、面粉口袋，连一只旧拖把也总有人帮着收回去；偶尔换新沙发、买新床，需要人抬这些大物重器，只要去敲邻居的门，一准有人应声，出来搭把手。

我家门前遮盖地下水表的水泥板坏了，自来水厂没有来维修，也没有物业公司来更换。公公屡屡说："马去买一块新水泥板换上！"可是他忙着工作、应酬，换水泥板的事儿总是一拖再拖。

邻居夏大爷干着开电动三轮帮人送货的营生。一日傍晚，夏大爷打着电动车的铃铛，叮叮当当地驶进小区，未到我家门口，夏大爷就吆喝开了，他大嗓子喊着我公公的名字，公公放下手中的饭碗，出门一看，夏大爷的车上是一块崭新、平整的水泥板。公公和夏大爷从车上抬下新水泥板，又齐心合力把颓破的旧水泥板从地面上抬开，换上新的，竟然不大不小，刚好盖上埋水表的洞口。我在心里暗暗夸赞这块水泥板尺寸精准，盖在洞口上就仿佛给窗户上镶了一块玻璃般严丝合缝。

夏大爷说："我这眼睛不是虚的，早就给你们瞄过，在心里算准了水泥板尺寸。今天刚好给人家水泥厂送货，就跟人家厂长要了一块，厂长一分钱也不要，让我搬上一块！这坏了的水泥板破了这么大的一个洞，白天还好，晚上小区里又不亮灯，小孩老人一个不注意，一跤摔下来可怎么得了？"我们一家连连点头，只说自家忙碌疏忽，亏得夏大爷想得细致周到。公公掏口袋要给夏大爷一点儿辛苦费，他连连摆手："开玩笑，我哪里能要钱？不都说了，远亲不如近邻嘛！"

那个夜里，我们睡梦正酣，耳边却传来"砰砰砰"的拍门声，婆婆起床开门，是邻居梁三婶，她惊呼："夏大爷出血了，夏大妈一个人慌得不行，我们赶紧去！"婆婆赶紧和梁三婶心急火燎地去夏大爷家，邻居小陈夫妇也起床来，小陈到底是年轻人，思维敏捷，他抓起手机就拨打了"120"，救护车迅疾赶来了，却因小区的路窄到不了门口，夏大爷的身子却已经沉重起来，状况万分紧急，邻居七八人，四个男人抱着夏大爷，抱头的、有抱身子的，抱腿子的，各司其职，齐心合力，把夏大爷抱上了小区门口外的救护车。几位主妇提醒夏大妈带上换洗衣物和钱，我婆婆和另一位主妇帮着把夏大爷呕吐在地面上的血擦掉，又把地面用拖把拖得干干净净的，使家里一如往常。

第二日清晨，邻居们纷纷打夏大妈的电话询问状况，夏大妈虽然不识字却是个坚强女人，她一五一十跟邻居们说了夏大爷的病况，人们知道了，夏大爷患上食道癌，医院安排好了动手术的日期。邻居们又一个劲安慰夏大妈，并让她放心照顾夏大爷，家里不必担心，他们喂养的一只狗，几只鸡都有人帮她照看，等她回来保准少不了一根毛。小陈媳妇、我婆婆、梁三婶交替着去给鸡、狗喂吃食。

一个月后，夏大爷夏大妈从医院回来了，夏大妈满心感激地给每户邻居都送了两只鸡，邻居们都收了下来。邻居们又纷纷地去看望夏大爷，我婆婆包了一个康复红包给夏大爷，夏大妈怎么也不肯收，最后，我婆婆说起了当初夏大爷对我们说的话："远亲不如近邻，我们比亲戚还好呢！"夏大妈这才迟疑收下。

朝夕相处的我们，可不是比亲戚还亲，我们是没有血缘的亲人！

我在一个小镇上住

社交软件上常有陌生人询问我："你是哪里人？"我会郑重其事地告诉他（她）："我在一个小镇上住！"我这样回答，只是因我所住的小镇太合我的心意。

小镇的风景是美的，有河流蜿蜒如带、有成片的芦苇荡，还有如星星般散落的村庄……小镇的美恰如千百年前一位叫陶渊明的大诗人描述的那样："土地平旷，屋舍俨然，有良田美池桑竹之属。阡陌交通，鸡犬相闻。"这样的风景常引得游人众，然而更让人有归属感的却是小镇上的人们。

我要出远门，在小镇的路边等车，一位面目慈善的大妈走过来，她说："姑娘你是乘车的吗？我把包放你身边，回家拿杯水去啊！"她指了指不远处的房子。我告诉她："我有急事出远门，等别人的车来接我，不乘公交车的。"她这才挎着包往家走，虽然没能帮大妈看包，但被信任的幸福感满满溢出。大妈调头离去几分钟后，公交车来了，我没有上车，一位路过我的大爷看着拖着行李箱的我，关切地问我："你怎么不上车的？"面对大爷自家人似的关心，我面含微笑地回答他："这不是我等的车呀！"

小镇的人就是这样，丝毫没有疏离、冷漠感，让你总以为和朋友、亲戚、家人在一起。我们虽然在城里买了房，一家人却常在小镇上住。

平日公公和先生去理发，竟然各有各的据点，公公爱去那家取名为"水仙发廊"的理发店，公公说理发店的主人，待人热情，干活细致，价钱又便宜，这样的价格和服务，在城里是不敢想象的。先生则去名叫"千丝"的理发店，此家店主是个很"潮"的中年男子，一头热焰似的红头发，他年轻的时候在大上海闯荡，人到中年，忽生叶落归根之感慨，在离父母家不远的镇中心租了房子，开了理发店。

先生说千丝理发室的店主，有一手出神入化的剪发技艺，一把剪发刀在他手上能像电风扇似的旋转。虽然我的头发一直是在城里的理发店打理的，但先生的形容引得我大发好奇心。当我感觉自己的头发有些长，不那么惹眼时，便随着先生第一次去了千丝理发店。我对店主说："我最近头发长长了，又蓬松，是不是要剪掉一些？"他抓住我的头发，看了看我镜中的脸，说："这样的长度，蓬松感都很适合你呀？不用剪掉的。"我讶异地看着他："真不要剪？"他说："真不用剪，实在要剪，还是等夏天吧，那时头发剪短，凉爽一些！"我像去做客一样拍拍手从他的店里出来，心里美滋滋的，忍不住感慨，还是小镇上的人善良啊，绝不会千方百计想法子把你口袋里的钱掏去他那里。

小镇虽小如麻雀，却五脏俱全，医院也是有的，然而只有一位儿科医生，姓卢。女儿出生五个月时，第一次发高烧，我们吓得手足无措，抱到卢医生那儿，她一边安慰我们不要慌，一边给我们做示范，脱掉宝宝的衣服，用温水擦洗身上，每间隔一段时间就擦洗一遍。问她："宝宝要不要挂水？"她连连摆手说："不用，不用！"还谆谆嘱咐我和先生这对新手父母，如果有意外的情况就给她电话。到了夜里三四点钟，一量女儿的体温，竟然又升上去了，我们心慌意乱地给卢医生打电话，果然一拨响她的电话，她立刻就接了，她吩咐我们给宝宝喝白天她帮着准备的红药水。第二天一早，我去感谢她，只见她的诊疗室里满满的患儿和看护家长，我站在门口朝她大喊："卢医生，我宝宝好多了！"她也大着嗓门回答我："那就好，那就好！"便再也顾不上我。

我时常有些稿费从全国各地飞过来，小镇的邮递员是位已过知天命之年的大叔，他时常为了一张二三十元的单子"蹬蹬蹬"跑到我们单位的楼上找我签字，真是有些费事。我想了法子——与邮递员大叔约好，但凡到了稿费单就给我打电话，我下班的时候，经过他家，自己去取来。一直以来，一张稿费单，大叔会给我打电话，两张单子、三张单子大叔更是会高兴地给我打电话。突然一段时间，我没能接到大叔的电话，心上有些诧异，便主动给大叔打了电话，电话响起后，发现大叔的声音虚弱得我快要听不清了，原来，他生病住院好多天了。

没料到的是，那竟然是我和大叔的最后一次通话，不久之后，他就去世了。大叔去世后，我再次接到让我去拿稿费单的电话，是大叔的妻子给我打来的，原来大叔和我的约定她都知道，现在，她接替大叔成了小镇邮递员，她也接下了我和大叔的约定，只要有我的稿费单，她就会给我打电话。

……

小镇的故事多，充满了喜和乐，而我，就在这样的一个小镇上住。

幸福愿意去的地方

浏览网络时，看见一张取名为《幸福》的照片，照片上有模糊的背景人物——两位男子蹲着闲聊，又有行人提着外套，随意走过。照片清晰的镜头给了一位穿着环卫工背心的老人和他的小孙女。从照片上的人物状态判断，这是做完了一天工作的傍晚，老人可以暂时休憩一会儿，他坐在马路边绿化带旁的水泥台上，旁边放着他的劳动工具——扫帚和畚箕，小孙女不知从何处来，坐上了他的膝盖，老人双手捧着小孙女的脸，一老一小头碰头，鼻碰鼻，老人在劳累之后享受着天伦之乐，他的一张脸上，皱纹如沟壑纵横，此刻却笑开了花，幸福在流淌。

在尘世中，环卫工人渺如草芥，但是幸福没有因为他的卑微、贫穷、年老远离他。

看着这张幸福满溢的照片，我想起自己的幼年之事来。彼时，我已经是个知道爱臭美的小丫头了，但窘困的家哪有多余的钱给我置办新衣？父亲每次进城走亲戚总要扛回一只大蛇皮口袋，口袋里装的是城里亲戚淘汰下来的旧衣物。父亲一到家，我就像遇到宝藏般欢天喜地去寻

193

宝，我整个人蹲在衣服堆里，寻寻觅觅。只记得一回，我寻着一件裙子，灯芯绒面料，做成夹克装形状，优雅的米黄底色，背部是一幅色彩缤纷的海南风景画，有高大葱郁的椰树，澄澈碧蓝的海水，金黄的沙滩上散落着几个五颜六色的可爱贝壳。那件衣服一下子打动我的心，在以后若干的岁月里，我一直穿着，直到它小得不能再穿！

父亲也高兴，他一件接一件地翻着衣服，给衣服分类，男装归男装，女装归女装，不适合我家人穿的，就去送给比我们更穷的邻居。他每每翻到一件色彩鲜艳的，就喜滋滋地喊我妈："孩子她妈，这件你能穿！"母亲赶紧从厨房里走过来看，高兴地点点头！

在蛇皮口袋的最下面，父亲翻出一双皮鞋。他一脸高兴地对母亲说："孩子她妈，今年过年的鞋（母亲一直给他做千层底的布鞋）都不要做了，有皮鞋穿呢！"

除夕的时候，父亲果然把那双皮鞋拿出来，用潮湿和干的抹布分别擦了又擦，乐呵呵地套在脚上，"哒哒哒"地走路，年幼的我和小弟跟着父亲的皮鞋声一起乐，我们大声唱起那个年代最流行的歌曲："穿起了大头皮鞋，想起了我的爹爹……"

我们一家虽然贫穷但却幸福，而送我们旧衣物的城里亲戚家，他们正在闹离婚，他们有楼房、好看的衣服、吃不完的大米和鸡蛋……家里却整日里愁云惨淡，女人哭泣、男人咆哮。父亲是他们乡下的穷亲戚，人微言轻，但逢着父亲去，他们一定扯着父亲给评理！女人说男人整日不着家，男人说女人只爱打扮、逛街，好好的一个孩子没有教导得好，他们的孩子偷偷地从学校跑出去，费了好大的劲儿才找回来……

幸福如果是位女神，一定是心地善良又宽厚的女神，她从不挑三拣四，嫌贫爱富，她是豪门大院未必去，柴门小户深深留。她最是公道，只愿去亲近她的人的心里。

一书定风波

我们的日子是什么样的？要我打个比方，这日子远观起来真像夏日人家傍晚的菜园，园子里的菜蔬瓜果一律长得生机勃勃，葱茏水灵，令人忍不住走进园中，探望一番。谁料，未近园身却有一层子蚊虫扬沙般扑上脸来，它们"嗡嗡嗡"的在耳边叫嚣着，皱眉抱怨全然撵不去这生厌的蚊虫。有何良方妙法，驱虫赏园？

从前的人，她们的智慧是握上一把大蒲扇，扇子又扇凉风，又赶蚊虫，日子一下子就变得舒心惬意了。我也不妨有样学样，哎呀呀，市场上蒲扇不好找了，它们被时光派遣去了旧物博物馆。

旧物消逝，新物更迭，像年迈衰老的人去世了，新儿又哇哇哭着出生了。虽然我再也没有一把蒲扇，去驱赶菜园里的蚊虫。新时代里，我却可以用一只手机对抗日子里的"蚊虫"纷扰。

眼睛疼，去医院看医生，坐诊的女医生一番检查之后，诊断出，眼睛没有大问题，只是发了炎，她噼里啪啦开了一堆药：数种消炎的，还有两盒治疗过敏的。想不通只是眼睛不舒服的我，为什么还得吃上两盒治疗过敏的药？看到医生就胆怯的我，也没敢回头去责问她。只好把心中一腔愤懑发泄在手机上。拿出手机，把女医生开的药全部拍下，发在了朋友圈里。真是一石激起千层浪，人们纷纷发表评论，有的骂医生不良，医德差，只管乱开药。有的讲述自己就医的经历，被医生恶意对待，来找我抱团取暖。还有的建议，下次就医换人……总之，各种声音"嗡嗡嗡"，直让我对女医生更愤怒了，我的眼睛也更疼了。转头一念起，也许我的眼睛就是这手机惹的祸，纷扰日子的"蚊虫"也是这手机招来的呢！

我打算携一本书于素日平常的日子里。去邮局领稿费，那位营业员长得唇红齿白、娇俏甜美，工作起来却是乌龟速度，只见她慢吞吞地把手边的纸一页一页翻开来看，在电脑上输入数字，比手写的更慢，她只管让我慢慢等着，五分钟过去了，十分钟过去了，依然没轮到我。要是从前，我肯定急得掏出手机咔嚓咔嚓地拍下她的工作照，去投诉她。然后，比我年轻的她或许要年轻气盛的与我吵上一架，说她也没闲着，指责我毫不讲理，招来一堆人来看热闹，帮她的，帮我的都有。时间没有了，我没有领到稿费，她的工作也没有做好，两败俱伤。

当我携着书，听从她让我等候的吩咐，坐在她窗口的小凳上，细致地阅读起来，不一会儿我就完全沉浸在这本《倔强姑娘》的书里，身边耳边听不见任何的声响，我一心想看看这位性格倔强的姑娘，最后迎来了怎样的生活？还是营业员姑娘用清脆悦耳的声音叫了我，我赶紧把稿费单递给她。这一次，她十指翻飞，在电脑上飞快地操作着，那模样像在钢琴上弹一支行云流水的曲子，她把一叠钱笑眯眯地递给我，我亦回她微笑，多么美好！

去修车、去医院、去旅行、去聚会……我都会携上一本书，所有琐碎空隙里，我都试着用读书来填满，时日一久，我亦发觉，没有什么不是一本书不能解决的，百无聊赖、心浮气躁、寂寞孤单，不管当下过着什么样的日子，一书就可以接下各种情绪，让你恢复到心神俱宁中，真是一书定风波。

月子里的饮食变迁

都说不要得罪一个坐月子的女人，要不然她会记恨你一辈子。我母亲的经历验证了这句话，她常常在我耳边絮叨，她生我那会儿吃尽了千辛万苦，家里没油、没盐、没粮食，更别提什么猪肉，一个月子，她一滴油腥儿也没上过嘴……不过，倒不是父亲欺负她，是时代辜负了她。

她生我时，全国刚刚掀起了改革开放的大潮，开始实行分田到户，承包责任制。但改革开放的政策仿佛春雷滚滚，轰隆隆地响起来了，人们渴盼的贵如油的"春雨"却还没能迅疾地洒落到家乡的小村庄上，使每一户人家都得到实际的惠泽。

我出生时正值寒冬腊月，青黄不接之际。其时，小村庄上仍然是大集体干活儿，粮食仍归集体所有，人们去挣工分，凭工分领粮食。地冻天寒的年月，虽然田地里没有庄稼要收，但是父亲要随大队上的人，奔赴远方，挑河工挣工分。他不能留在家里照顾快要临盆的母亲。父亲走时，家里的米坛快见了底。他们出发的时间定得急，父亲当晚写了张向大队借米的条交给爷爷，让爷爷等母亲生下孩子时去找大队干部，希望他们借给我家五十斤大米，让母亲吃上一个月。父亲走后不久，母亲就在一个大雪盈门的寒冷冬夜生下了我，母亲没有婆婆，婶娘三奶奶自发地来照顾她。我爷爷拿着父亲的条儿去找大队干部借米，大队干部只给我爷爷发了五斤米。

母亲看着我这嗷嗷待哺的丫头片子，又看着那小小一袋的米，忍不住哭泣起来。好在，母亲的婶娘三奶奶为人极为宽厚慈善，她每日给母亲端一碗饭来吃，家里的那点米就用来早晚熬粥，祖孙三代喝。

母亲说，坐月子开头的十多天里，哪有什么营养品用来滋补身子？她以前存下十几个没舍得吃的鸡蛋，每日拿出来一个，又从坛子里捞一小把老咸菜，老咸菜用清水淘洗后备着，锅里放水，搁一星儿菜籽油，等水煮沸了，老咸菜先下锅，再把一个鸡蛋搅拌匀了搁锅里去，连盐都不放，等锅里再次沸腾后，装起一碗咸菜鸡蛋花汤来喝。

那时候通信也不发达，等外公外婆接到别人顺便捎去的消息，才知道母亲已经生了我，其时，已经十多天后了。外公会捕鱼，他捕了一桶的鱼，拎着鱼来看母亲，母亲有了鱼汤喝，虚弱的身体这才增加了点营养。

等父亲挑河工回来，母亲快要坐完了月子，父亲回来后，发现家里的坛子一星米也没有了，气得跟大队干部大吵了一架，大队干部有意推责父亲的字迹写得潦草看不清，其实这是他们的老把戏了，不过社员们敢怒不敢言。

再后来，改革开放，分田到户的政策如姗姗而来的春雨，终于降临在这片干涸的苏北平原上。我家有了六亩地，父母亲又是绝不好吃懒做之人，他们日夜在这几亩地上勤耕细作，这六亩地上产量越来越多，我们家再也没有少吃过。日子渐渐滋润起来。

表姐大我十二岁，她生孩子的时候，母亲带上我去给她送月子礼，我依然记得很清晰，母亲用透明的塑料袋子装了十把馓子，那十把馓子立起来都有我高了，她又从鸡圈里抓了自己养的两只肥硕的老母鸡，还拎了一壶豆油，几斤红糖。一到表姐家，我就看见表姐家的条几上摆了不少的馓子袋，看来不少人来送过月子礼了。表姐泡了红糖馓子给我，我大快朵颐地吃着现泡的红糖馓子茶，馓子脆而不软，红糖水甜滋滋的，听母亲跟表姐开心地说着话，表姐说女人坐月子虽然苦，但做瓦工的姐夫舍得买鱼肉来给她加强营养，苦就不觉得苦了……表姐的婆婆杀了鸡，买了肉，也宰了鱼，留我们吃中午饭。

日子真是越过越好了，等我生女儿的时候，想吃什么就有什么吃。婆婆买了排骨、猪蹄、猪腰、猪心、乳鸽、黑鱼、草鱼、毛鱼、黄鳝……每日换着花样做吃食给我。牛奶、蛋白粉、桂圆、红枣、银耳这些用来滋补女人身体的营养品也被人们不停地送到我家来，女人们再也不差那一口吃的了。谁能想到，时代就这样悄然补偿了女人们呢？

归来

家乡是苏北平原，是大诗人陶渊明描绘的"良田美池桑竹之属"的地儿。按道理人们应该安居乐业，衣食无忧。但是，其时，祖父祖母的家，常常入不敷出，家里时而断粮断炊，四个孩子有了上顿没下顿。祖父母作了一个狠心的决定，他们打算把刚足及笄之龄的大姑嫁出去，好减轻家里的口粮负担，然而，大姑是个烈性的，并不愿意嫁去那户人家。

一支逃荒的队伍经过我们家乡时，大姑便隐遁那人群中，逃离了故乡，不知所终。

大姑一去些许年，国家掀起了改革开放的浪潮，实行了分田到户的政策。祖父母分到了六七亩的地，他们在田地里勤劳耕作，家里不再差吃食，略有盈余的他们还把从前的土坯房推倒，翻盖了一幢青砖青瓦的房。但是远走的大姑，一点音讯也没传回家来，祖母因为想念大姑，时常哭泣，终于哭瞎了一双眼，她双眼失明不久后，就郁郁而终，去世了。

让祖父大吃一惊的是，他一直以为客死异乡，再也不能相见的大姑，在祖母去世了十多年后，归来了。此时的她已在异乡嫁了一个老实厚道的男人，生了一个十多岁的儿子，一家三口相携归来，全家人喜极而泣。

大姑父说，其实早就想和大姑一起回乡，只是交通不便，不通车船，靠两腿行路，又带着孩子，实在困难，所以归来的日子一拖再拖，直到通船了，他们才买了票，一家三口是坐了四五天的船，慢悠悠一路从水路荡回来的。

大姑一家的归来，让全家人都心安了。此后，大姑他们因为交通不便，家里经济一般，与我们只是信件来往。自我上到小学通点文墨后，家里给大姑的信件都由我来写。逢年过节，来我家团聚的是二姑、小姑一家，少了大姑的身影。

等表哥日渐长成一名壮实的小伙子，有了一手精湛的木工手艺，组建了一个装潢队，走南闯北地干活，挣得盆满钵满，大姑家里先装上了电话，祖父常常去小镇上一个小卖部去听大姑的电话。据祖父讲，大姑家条件渐好，还砌起三层带庭院的乡村别墅。再后来我家里也装了电话。大姑时常打电话回来，问候全家。

表哥结婚的时候，大姑妈所在的异乡和家乡通上了汽车，爸妈、二姑、小姑一众人等都坐了汽车去参加表哥的婚宴。大姑在表哥的婚宴上，激动开心得无以名状。

表哥有了孩子后，大姑开始常常往故乡跑，她每年都回家过年。人越老越是留恋生他（她）的故乡吧，每个春节前夕，大姑总是背着她那里的特产——花生和薯干不怕班车劳累，倒了数班车……故乡来，与我们一大家子的人团聚。再后来，姑妈患癌去世……条从异乡到故乡的路上，再也不见她的身影，我们便时……追赶忙碌着，他腾不出表哥嘴里答应着，但是总被一个又……空子来。

前些年，表哥在的……之间通了火车，他们归来又方便……小时就能抵达。往知天命之年上走的又省时了，只要……

表哥打来电话，告知我们，他们一家要回来过年。

是我和先生开了私家车去火车站接了表哥他们，小姑父、小姑妈，二姑妈家的表姐夫、表姐，我弟弟、弟媳还有妈妈，全家人一起等候表哥一家的归来。

表哥看见我们表兄妹都把家从乡下搬到城里来了，又有几户人家新添了私家小汽车，真是说不出的开心。

这一大家子的年夜饭，兄弟姐妹呼喊着，吃着热气腾腾的团圆饭，说着记忆中的往事和规划着的打算，弟弟说他要承包一个食堂。表哥说他要把家里的别墅重新装潢，让儿子的女朋友来看的时候，感到舒心惬意。二姑家的大表姐说要跟着表姐夫去另一个城里承包工程，多赚一点钱……我们的孩子就在地面上纷纷地跳跃、奔跑、游戏着，笑声一片。